GENTOSHA OUTLAW BUNKO

黄昏に君にまみれて

草凪　優

幻冬舎アウトロー文庫

黄昏に君にまみれて

目次

第一章　相合い傘

1

薄暗い部屋の中で、白い湯気が揺れている。灯《あか》りはランタン形のライトだけだから、足元に気をつけながら浴槽に浸かると、湯があふれる豪快な音がした。

「……ふうっ」

長谷部善治郎《ぜんじろう》は、手脚を伸ばして息をついた。還暦を過ぎてから、湯の有難味《ありがたみ》がわかるようになった。酒が五臓六腑《ごぞうろっぷ》に染みわたるように、湯の温かさが身に染みる。枯れていた体が、じわり、じわり、と活力を取り戻していく。

「お湯加減、よろしいですか？」

「ちょうどいいよ」

「それじゃあ、わたしも……失礼します」

聡子《さとこ》が片脚をあげて浴槽に入ってきたので、善治郎は脚を開いてスペースを空けた。薄闇の中で白い裸身が生々しい光を放ち、彼女の背中が迫ってくる。浴槽の中で、後ろから彼女を抱える格好になる。

聡子は長い黒髪をアップにまとめているので、後れ毛も妖《あや》しいうなじが眼と鼻の先にあった。匂いたつ光景に心躍らせながら、善治郎は湯の中で双乳を後ろからすくいあげる。やや垂れた量感たっぷりの肉房は、ひどく柔らかい。そっと揉むだけで、簡単に指が沈みこむ。

「たまらないよ……」

善治郎は嚙みしめるように言った。

「どんな高級温泉旅館でも、ここの風呂には敵《かな》わないいな」

「わたしは温泉に行きたいわあ。いつか連れてってくださいよ」

聡子が横顔で笑い、

「そりゃあいいねえ」

善治郎も笑った。

「約束よ」

聡子が真顔になっても、

「いつかね……いつか本当に連れだしてみたいよ」

善治郎は鼻の下を伸ばし、双乳をしつこく揉みしだく。

ここは吉原にあるソープランド『ブルータス』、聡子はソープ嬢である。

嬢といっても三十代後半、下手をすれば四十を超えているかもしれないが、六十代半ばの善治郎にとっては妙齢と言っていい。いくら見目麗しくても、二十歳そこそこのかしましい娘が相手では、落ち着いて風呂に入れない。その点、聡子のようなしっとりした熟女なら、気兼ねなくくつろげる。

「善さん、今日の調子どう？」

聡子が横顔を向けて訊ねてくる。

「んっ？　まあ、ダメかもしれないが、いいんだよ、こうしてるだけで」

人より足腰を鍛えているつもりの善治郎だが、寄る年波には抗《あらが》えず、せっかくソープにやってきても、完走できるのは三度に一度くらいだった。しかし、それでも足繁く通ってきてしまうのは、年をとれば女体に触れるだけで充分に癒《い》やされることを知ったからである。

そう、こうしているだけでいい。女のうなじの匂いを嗅ぎ、湯の中で柔らかい乳房を揉めば桃源郷だ。世知辛《せちがら》い浮き世のあれこれから解放され、身も心も湯にたゆたう。

「でも、それじゃあ、わたしが淋しいな」

聡子が横顔で拗《す》ねる。

「せっかく来てくれたんだから、きっちり遊んでいってくださいな」

「まあね……できることならこっちだってね……」

善治郎が苦笑すると、聡子が振り返って唇を差しだしてきた。ソープ嬢としては年増《としま》の部類に入る彼女も、決して不美人というわけではない。丸顔で眼が大きく、赤い唇は肉感的だ。吸い寄せられるように唇を重ねると、聡子はすかさず舌を差しだしてきた。善治郎が若かりしころ、娼婦とは体は許しても口づけは許さないものだと言われていたが、時代は変わった。聡子は自分から積極的に舌を差しだし、善治郎の舌をさもおいしそうにしゃぶりあげてくる。

善治郎も応えた。額に汗を滲ませつつ、舌をしゃぶりあっていると、眠っていた男の本能が疼《うず》きだす。老木に花が咲くように、欲望がひとつ、またひとつと目覚めていく。湯の中で双乳をしたたかに揉みしだき、物欲しげに尖《とが》っている乳首をつまみあげる。

「うんんっ……うんんっ……」

聡子は鼻奥で悶《もだ》えながら、眼の下を朱色に染めていった。感じていることに羞《は》じらいつつも、欲情を隠しきれない表情がいい。善治郎は勢いづき、右手を下半身に這わせていく。湯の中で海草のように揺れている恥毛を搔き分け、くにゃくにゃした花びらに触れる。湯の中でいじると、貝肉質の感触がいっそう卑猥である。合わせ目をねちっこく撫であげていけば、そこだけが湯とは違う質感でヌルヌルとぬかるんでくる。

「うんんっ……あああっ！」

聡子がキスをしていられなくなり、声をあげた。

「ダッ、ダメッ……ダメですよ……ここはわたしがサービスするところなんだから……善さんに気持ちよくなってもらわなくちゃ……」

言いつつも、両脚が淫《みだ》らがましく開いていった。

ソープ嬢とは感度が鈍いものではないか、と善治郎はかつて思っていた。一日に何人も客をとるのだから、そうでなければ疲れてしまう。適当に手を抜き、感じないようにしているのではと……。

しかし、実際にはそうではなかった。好き者と呼んでもいいような女はたくさんいるし、聡子はその筆頭だった。真珠のような肉芽をいじりまわすほどに、バシャバシャと湯が音をたてるほど身をよじる。顔が真っ赤になっているのは、湯に浸かっているからだけではない。

「ああっ、ダメッ……ダメですうっ……」

激しく腰を震わせ、喜悦に歪《ゆが》んだ悲鳴を広い個室中に響かせた。

とはいえ、彼女はプロだった。自分ばかりが感じてしまっては面目ないという表情で、体を反転させた。向きあう体勢になると、茶目っ気たっぷりにメッと睨んできた。

「ダメですよ。わたしばっかり……」

善治郎の腰を抱え、ぐっと腰を持ちあげた。

「うわっ……」

善治郎はのけぞり、眼を白黒させる。イチモツが、湯の表面からにょっきり顔を出した。いつの間にか勃《た》っていた。百パーセントではないが、七十パーセントくらいは硬くなっているようだった。

「ふふっ、これなら今日は……愛してもらえそう」

聡子はイチモツに手指を添えると、唾液のしたたる舌を躍らせた。ソープランド用語で言うところの「潜望鏡」である。潜水艦が海上の様子を見るのに使う装置に、勃起した男根を見立てている。

ぺろり、ぺろり、と自分の亀頭を舐《な》めまわされるのを眺めながら、善治郎は大きく息を呑む。ソープ嬢の中には素早く舌を動かしたり、ムキになって強く吸いたててくる者もいるが、聡子の場合はねっとりと舐めて、やさしくスローに吸いしゃぶってくる。

刺激そのものは微弱でも、たまらない心地よさだった。善治郎はそのやり方を、密かに「回春フェラ」と名付けている。ぬるめのお湯にのんびり浸かるように、緊張がじわじわとほどけていき、下半身に活力が戻ってくる。男性機能が休眠しがちの六十代にとって、まさにうってつけのやり方と言っていい。彼女にしゃぶってもらえば、少なくとも勃たないことはない。

「すごーい、もうこんなにカチンカチン」

聡子が眼を丸くし、

「カチンカチンは大げさだろ」

善治郎は照れて笑った。若き日の、釘でも打てそうな硬さからは程遠いけれど、充分に結合ができるようにはなっていた。芯から熱く疼いていた。女を抱きたいという耐えがたい欲望が、枯れた体に熱い血潮を巡らせた。

2

善治郎は今年六十六歳になる。

仕事は豆腐屋だ。墨田区本所《ほんじょ》にある店を親から引き継いで、すでに四十年あまり。我ながら、よく働いた。汗水垂らして稼いだ金以外のものを信用するなという親の言いつけを守り、バブル時代に投資に走ったりしなかったので、羽振りよく遊んだことがない代わりに、経済的に窮地に立たされたこともない。

毎日毎日、ただ黙々と豆腐をつくりつづけた。

他人から見れば、面白みのない人生かもしれない。しかし、善治郎は満足していた。苦労した分はしっかり報われて、ふたりの息子たちは独立してそれぞれの人生をしっかり歩んでいる。蓄えもあるから、老後の心配もない。おそらくこのまま、波風の立たない静かな暮らしを死ぬまで続けることだろう。

ただ……。

唯一、納得がいかないことがあるとすれば、同い年の女房を早くに亡くしてしまったことだった。

いまから十一年前、五十五歳の若さだった。善治郎以上によく働き、けれども笑顔は決して絶やさない、素晴らしい女房だった。ある日、自転車で配達に行ったまま戻らなかった。飲酒運転のクルマに轢《ひ》かれて帰らぬ人となった。世の中に、これほど理不尽なことがあるだろうかと思った。

女房を亡くしてからというもの、善治郎はすっかり生きているのが虚《むな》しくなってしまった。若いころから働きづめに働いていたので、還暦を過ぎたら商売は二の次にして、夫婦であちこち旅行しようと約束していた。

善治郎の心労を気遣ってくれた友人が旅行に誘ってくれても、心から楽しめなかったのは、妻の不在ばかりが気になったからだ。ゲートボールや俳句の会や釣りなどにも誘われた。元来不器用な人間なので、どれも長続きしなかった。そんなことより、黙々と豆腐をつくっているほうがずっと気持ちが落ち着いた。職人でよかったと思った。仕事さえしていれば、やりきれない毎日をなんとかやり過ごすことができた。

時間が経つほどに、独り身の淋しさには慣れていったものの、心に巣くった虚しさまでは振り払うことができなかった。むろん、まわりにはそう思われないように注意していた。なるべく気丈に振る舞っていたのだが……。

ある日、鏡に映った自分の顔を見て、まるで幽霊みたいじゃないか、とゾッとしたことがある。

いまから一年ほど前、女房を亡くして、すでに十年が経過していた。

自分の人生も晩年と呼ばれる季節に差しかかったことを、自覚しなければならなかった。覇気のない顔をしていたのは、なにも女房を亡くしたせいだけではなく、容姿の老化が進んだことも大きかった。健康管理には気を遣っているけれど、体力の衰えだって誤魔化しきれなくなってきた。

このまま死を待つだけの人生が、なんだか急に怖くなり、少し羽目をはずしてみたくなった。

といっても、たいしたことではない。

ひとりで昼酒を飲みに出かけたのだ。

亡くなった父は、店を善治郎にまかせるようになると、毎日できたての豆腐をつまみに朝から冷や酒を飲んでいた。味に注文をつけられたことはないが、父が豆腐をひと口食べたときの表情で、その日の出来がよくわかった。明治の男の面目躍如だろう、隠居姿が様になっていた。

とはいえ、その真似をしようとは思わなかった。だいたい、誰もいない自宅で、自分のつくった豆腐をつまみに酒を飲んだところで面白くもなんともない。

そこで、吾妻《あづま》橋を渡って浅草に向かった。

浅草なら昼から飲める店がいくらでもある。

五月《さつき》晴れのいい陽気だったので、ぶらぶら散策するのにちょうどよかった。

橋を一本渡るだけなのに、本所と浅草では街の色がずいぶんと違う。東京スカイツリーができた現在、いささか様相が変わってきたけれど、基本的に本所は生活者が日常を送る場所であり、浅草はハレの街なのである。非日常的な晴れ舞台というわけだ。

浅草寺の初詣から始まり、花見に花火にほおずき市と年中行事には事欠かない。国の内外から観光客が押し寄せ、白無垢《しろむく》姿の花嫁が人力車に乗せられて通りすぎていく。演芸場とストリップ劇場と場外馬券場が狭い一角に集まっている盛り場は、日本広しといえども他にかなかないだろう。観音裏の料亭街には白塗りの芸者がそぞろ歩き、どこからか三味線の音色が聞こえてくるのも風流である。

善治郎にとって、浅草は近くて遠い街だった。歩いてたった十分の距離なのに、普段足を踏み入れることは滅多にない。隅田川沿いの隅田公園には日課のウォーキングで毎日のように足を運んでいるものの、吾妻橋を渡ってそのまま浅草駅前の人混みにまぎれこんだのは実に久しぶりのことだった。いささか緊張してしまったのは、ひとりで気ままな昼酒というのが、善治郎にとってちょっとした冒険だったせいもある。

神谷バーの前を通り、浅草寺の参道を進んで六区に抜ける。煮込み通りという、路上にテーブルを出したにぎやかな店々にも惹かれたが、さすがにひとりでは気後れして入れず、千束通りの鰻屋に腰を落ち着けた。

カウンターだけの小さな店で、料金もさして高くないのに、活きた鰻からさばきはじめる気の利いたところだった。鰻重を待つ間、肝焼きで燗酒を飲んだ。鰻重を食べる前にビールで腹をふくらませるのは愚の骨頂というのが、死んだ父の口癖だった。

とはいえ、明るいうちから飲む燗酒は効く。効くけど旨い。お銚子二本を空にして鰻重を平らげると夢心地の気分で、やはりたまには羽目をはずしてみるものだと、鼻歌を歌いながら店を出た。

千鳥足《ちどりあし》の一歩手前だったので、人混みの盛り場に戻る気にはなれず、静かな住宅街を散策してみることにした。意外なほど、昔ながらの景色が残っていた。精肉店や布団屋や乾物屋が軒を連ねる商店街からは生活の匂いが漂ってきて、木造モルタル造りの家々の軒先には色とりどりの鉢植えが並んでいた。かつて東京の人たちは、誰もがこんなふうに慎ましく、けれども丁寧に日常を彩っていたものだった。

道に迷ったらタクシーで帰ればいい――そんな気持ちであてもなく歩いていると、本当に迷ってしまった。それも致し方ない。後から知ったことだが、千束あたりの道々は、意図的に複雑につくられていて、地図を見ても迷路のようになっている。

方角がわからなくておろおろしていると、空模様まであやしくなってきた。初夏の天気は気まぐれだ。急に空が暗くなったと思ったら、鋭い稲妻が光って雷鳴が轟《とどろ》き、ポツポツと大粒の雨が降ってきた。

善治郎は途方に暮れた。タクシーを拾おうにもクルマの通りがなく、そもそも人通りさえ極端に少ない路地だった。雨宿りできそうな店もない。ただ灰色の住宅街が、どこまでも続いているばかりである。

「どうぞ」

不意に後ろから声をかけられ、ドキリとした。水色のワンピースを着た妙齢の美女が、傘を差しだしてくれたのだった。

「遊びにきたんですか？」

「えっ……まあ……」

妙に馴れなれしい女の態度に気圧《けお》されながら、善治郎は曖昧にうなずいた。正直に言って、言葉の意味がわからなかった。女はぼんやりしている善治郎の腕を取って歩きだした。驟雨《しゅうう》の中、見知らぬ女との相合い傘を楽しめるような風流人であればよかった。善治郎はただ、こわばった顔で恐るおそるついていくことしかできなかった。

「お店、もう決まってます？」

女が笑顔で訊《たず》ねてきた。なにか思惑があるようだった。

「もし決まってないなら、うちのお店に入ってくれると助かるわぁ。雨降ってきちゃったし、お茶っ引きになったら哀しいもの」

何度か角を曲がると、目の前の景色が急に変わった。あやしげな看板が賑々《にぎにぎ》しく立ち並んだその通りは、一見してただの住宅街ではなかった。まだ昼間のせいか閑散としていたけれど、吉原のソープランド街だった。

江戸時代の遊郭に端を発する、男の遊び場である。

なるほど、彼女はこの街で春をひさいでいる女らしい。善治郎は吉原に足を運んだことがなかった。浅草に隣接していることは知っていたが、正確な場所も知らなかったくらいだ。

「ね、いいでしょ？」

つぶらな瞳で見つめられ、善治郎は断れなくなった。その瞳に惹かれたわけでも、ソープランドに好奇心を揺さぶられたからでもない。女の細腕を振り払い、雷鳴轟く雨の中に飛びだしていく気になれなかっただけである。

3

その女が聡子だった。

雨宿り代に総額三万円は高すぎたが、店にタクシーを呼んでもらえば雨に濡れずに帰ることができる。六十代も半ばになると、風邪をひくことに対する恐怖が若い時分よりずっと強くなるものだ。善治郎は独り暮らしなので、寝込んでしまっては看病してもらうこともできない。

しばらく待合室で待たされてから、個室に通された。十畳ほどの広さだろうか。半分が床で、半分が浴室仕様のタイルになっている、不思議な造りの部屋だった。部屋と浴室の間に仕切りはない。浴槽に湯を流しこむ音が部屋中に響き、白い湯気がもうもうと立ちのぼっていた。

「いらっしゃいませ」

中で三つ指をついて待っていた聡子の姿を見るなり、善治郎はあわてた。接客用の衣装なのだろう、黒いスリップのようなものに着替えていた。下に着けている葡萄酒色のブラジャーとパンティが、完全に透けていた。眼のやり場に困ってしまう。

「よかった、本当にあがってくれて」

聡子が笑う。そのたおやかな笑顔に、善治郎の頬は自然とゆるんだ。彼女には、人の気持ちを和ませる人懐こい雰囲気がある。

「なんだか妙なことになってしまったな……」

ベッドに腰をおろし、問わず語りに話をした。

「たまには羽を伸ばしてみようと、千束通りの鰻屋で昼酒を飲んでいたんだがね……まさか、ソープに来ることになろうとは……若い時分だって、来たことがないのに……」

「遊ぶつもりじゃなかったんですか？」

「まあ、そういうことだ」

「悪いことしちゃいましたね？」

聡子が楽しげにクスクスと笑う。

「わたし、てっきり、吉原を探して道に迷っているとばっかり……」

「道に迷っていたのは間違いないんだ。このあたりは、どうしてこうも道が入り組んでいるのかね」

「江戸時代の名残らしいですよ。江戸の街は、風水に則って碁盤目状に道ができていたんですって。東西南北に向かって縦横に。でも、吉原の一角だけ斜めに傾いているから、いままでも五叉路なんかがやたらと多くて、迷路みたい」

「どうして斜めになってるんだろう？」

「どうやって布団を敷いても、北枕にならないように……ってことらしいですけど」

聡子が淫靡《いんび》な笑みをもらした口許を手で隠し、善治郎はなるほどと膝を叩きたくなった。遊郭の客は、かならず布団を敷いて横になる。遊びに来て、縁起の悪い北枕で寝たくはないというわけか。

とはいえ、聡子の博識に舌を巻いている場合ではなかった。

「あなたは面白い人だね。ゆっくり話してみたいが……なんというか、その……なにか羽織ってもらうことはできないかな？」

「えっ？」

「その格好は、いささか眼の毒だ」

「本当に遊んでいかないつもりですか？」

　聡子が立ちあがり、善治郎の隣に座り直す。善治郎はあわてて顔をそむけた。視界から彼女の姿は消えたけれど、肩に手を置かれたので艶めかしい女の匂いが鼻先で揺らいだ。

「ああ、話してるだけで充分さ。私はもう……そういうことから、そのう……卒業してるから……」

　善治郎は苦笑した。

　まだ女房が生きているうちから、性的な衝動を感じなくなっていた。五十路を過ぎたあたりからだろうか。

　女房のことは、若い時分に思いきり抱いたから後悔はない。彼女も五十路を過ぎたあたりから、そういうことが億劫になったようだった。夜の営みがなくなってからのほうが、むしろ心の結びつきが強くなった気がした。

「卒業って、まだ勃たないって年でもないでしょう？」

「いやあ……」

「勃たないの？」

「どうかね。試したこともないし」

「試してみましょうよ、せっかくなんだし」

「いやあ……」

「奥さんに悪い？」

「もういないよ……十年も前に亡くした……」

「ならいいじゃないですか。男は女を抱かなくなると、老けるのが早いですよ。年をとっても、妙に肌つやのいいお爺ちゃんがいるでしょ？　ああいう人は、間違いなく遊んでるものよ」

「そういわれてもねえ……」

「恥ずかしがることないじゃないですか。せめて、お背中だけでも流させて。お金もらって、お話だけで帰したら申し訳ないもの。わたしの顔を立てると思って、ね、お背中だけ……」

「いや、そのう……まいったなあ」

善治郎は弱りきったが、聡子はテキパキと服を脱がしてきた。善治郎の口からは、諦観の混じった深い溜息がもれた。裸になっても男性器官が使いものにならなければ、彼女も諦めてくれるだろう。

「はい立って、足あげて」

ブリーフを脱がされると、イチモツはやはり下を向いていた。うなだれている、と言ったほうが正確かもしれなかった。男としては情けないが、胸底で安堵《あんど》の溜息をひとつついた。

「少し照明を暗くしますね」

聡子がランタン形のライトをつけて蛍光灯を消した。部屋が薄闇に包まれると、そこに漂っている淫靡な空気が、にわかに濃くなった気がした。

「明るいと恥ずかしいから」

聡子は茶目っ気たっぷりに舌を出して笑った。不思議な女だと、善治郎は思った。黒いスリップに赤い下着を透けさせているいまの格好だって、充分に恥ずかしいと思うのだが……。

薄闇の中で、聡子は裸になっていった。白い素肌がまぶしかった。所在がなく、落ち着かなかったけれど、眼福であったことは間違いない。気がつけば善治郎は、あんぐりと口を開いて見とれていた。

「足元、気をつけてくださいね」

聡子に手を引かれて、洗い場に向かった。シャワーの前に、椅子が置かれている。金色のプラスチック製だが、普通の椅子とは違い、尻を載せる場所が凹形になっていた。

腰をおろすと、なんだか玉袋のあたりが心細かった。背中を流すと言っていたのに、聡子は正面に膝をつき、平然と前から湯をかけてきた。

「熱くないですか？」

「ああ、大丈夫」

この期《ご》に及んで尻込みするのもみっともない、と善治郎は腹を括《くく》った。聡子は手のひらにボディソープを取ると、タオルなどを使わず、そのまま直接、善治郎の体に塗りたくってきた。

首筋、胸、腋窩《えきか》、脇腹……ヌルリ、ヌルリ、と白魚の手が這いまわる。善治郎は思わず息を吞んでしまった。華奢な女の手がボディソープをまとっていると、得も言われぬ心地よさがあった。

昔、銭湯に三助というのがいて、客の背中を流していた。しかし、あれは男である。タオルだって使っていた。善治郎は三助を頼んだことがなかったが、女の手で体を洗われるのとはまるで別物だろう。

ボディソープをまとった聡子の両手は、次第に善治郎の下半身に迫ってきた。左右の太腿を洗われ、その中心にぶらさがっているイチモツにまで……。

「むむむっ……」

尻込みはしないと決意したものの、ヌルヌルの手指でその部分に触れられると、身をよじらずにはいられなかった。心地いいというより、くすぐったい。しかも、椅子が凹形になっているから、玉袋まであやされる。それどころか、尻の穴まで丁寧に洗われてしまう。

「気持ちいいですか？」

聡子が上目遣いで意味ありげに笑い、

「あ、ああ……」

善治郎はこわばりきった顔に脂汗を浮かべていた。はっきり言って恥ずかしかった。ソープランドというのは恐ろしいところだと思った。しかし、恥ずかしさやくすぐったさをなんとかやり過ごすと、体の内側でなにかが疼きだした。

まさか……。

久しく眠っていた男の本能が眼を覚まし、衝動がこみあげてきたのだった。

「ふふっ、やっぱり……」

聡子が楽しげに笑みをもらす。

「勃たないなんてことないじゃないですか。もうこんなに立派に……」

「いや、それは……」

図らずも勃起してしまったことに、善治郎は焦った。完全に動揺していた。勃起だけなら、まだ救われる。卒業したと言っておきながら、勃起の先にあるものを求めてしまっている自分が、にわかには信じられなかった。

4

通い慣れたいまであれば、ソープ遊びの手順がわかっている。

凹形にへこんだ椅子——スケベ椅子という身も蓋もない名称がついている——に座り、体を洗われたあとは、一緒に湯に浸かって潜望鏡をしてもらい、続いてマットでローションプレイ。

ベッドに行くのはその後なのだが、頭に血が昇った善治郎は、すべての手順をすっ飛ばして聡子をベッドに引っ張っていった。

「あらあら、ムスコさんが元気になったら、急に人が変わっちゃったみたい」

「鰻のせいだ……これはきっと、鰻で精をつけたせいなんだ……」

善治郎はうわごとのように言いながら、聡子をベッドに押し倒した。彼女はすでに全裸だった。横になって身を寄せていけば、右手が自然と乳房に伸びていく。豊満なふくらみをすくいあげ、やわやわと揉みしだく。柔らかな肉房に指を食いこませると、一瞬、気が遠くなりそうな不思議な感覚に陥った。

ああっ……。

いまのいままで忘れていたが、自分はたしかに男なのだ。乳房を揉みしだいて、これほどまでに胸が揺さぶられるのがなによりの証拠だった。若いころ、女体への渇望感で眠れぬ夜を過ごしたことがある。あのころと同じだった。乳房を揉みしだいてみれば、あのころから少しも変わっていない自分に気づく。容姿は老い、体力や精力は衰えても、女体を求める情熱そのものは……。

「んんっ……くぅううっ……」

乳首をくりくりしてやると、聡子は眉根《まゆね》を寄せて身悶えた。せつなげなその表情が、たまらなくそそった。悶え声がいやらしく、吐息の匂いが甘かった。そういったことの一つひとつが、かつての記憶を鮮やかに蘇らせていく。セックスなんて、遠い日の花火だと思っていた。だが違う。それを求める衝動が、いまも自分の中にたしかにある。

善治郎は聡子に馬乗りになり、両手で双乳を揉みしだいた。乳首を吸い、舐め転がし、それでも足りずに顔面をこすりつけていく。

まみれたい、と思った。女の体にまみれたい。

ならば、乳房以外のところも、こってりと愛撫しなければならないだろう。四つん這いのまま後退り、聡子の両脚を大きくひろげる。黒々と茂った濃密な繊毛の奥に、アーモンドピンクの花びらがチラリと見える。

「むううっ……」

善治郎は繊毛を指で掻き分け、女の花を露わにした。アーモンドピンクの花びらが、くにゃくにゃと縮れながら巻き貝のように口を閉じている。まだ口を閉じているのに、眼も眩《くら》むような濃厚な女の匂いをむんむんと放って、善治郎を悩殺してくる。

その匂いに誘われるように、唇を押しつけた。柔らかな花びらの感触に、頭の中に火がついたようになる。そっと舌を差しだして、舐めはじめる。匂いは濃厚でも、味はほとんどしない。代わりに、感触が胸を掻き乱す。くにゃくにゃした花びらの舐め心地、口に含めばいやらしく伸びて、内側に隠れていた薄桃色の粘膜が、つやつやと濡れ光りながら恥ずかしげに姿を現わす。

ああっ……。

舌を這わせると、善治郎は再び気が遠くなりそうになった。それはたしかに女の花だった。猫がミルクを舐めるような音をたてて舌を使えば、まだ女を知らなかったころの渇望感がこみあげてきた。ここを舐めたかった。舐めたくて舐めたくて辛抱たまらず、舐め心地を妄想しながら、何度も何度も自分のものをしごき抜いた。

童貞を捨てたとき、相手が呆れるほど舐めまわしてしまったのも、いまではいい思い出だ。

そしてそのときと変わらぬ情熱で、善治郎はいま聡子の花を舐めている。忘我の境地で舌を躍らせれば、童貞喪失時にタイムスリップしたかのような錯覚さえ訪れる。

「あううう っ！」

舌先が敏感な肉芽に達すると、聡子は総身《そうみ》をのけぞらせた。体中を小刻みに痙攣《けいれん》させた。いやらしい反応だった。尖った肉芽をじっくり舐め転がせば、ひいひいと喉《のど》を絞ってよがり泣き、その声を薄闇に包まれた個室中に響かせた。

もう我慢できなかった。

つんのめっていく欲望のまま、善治郎は聡子の両脚の間に腰をすべりこませた。年なんて関係なかった。はっきり言って忘れていた。男根を握りしめると唖然とするほど硬くなっていた。頼もしかった。なにもかも忘れて、一途に女とまぐわいたかった。

狙いを定めて、切っ先を濡れた花園にあてがった。たっぷりと舐めたおかげで、よく濡れていた。こちらを見上げる聡子の顔は艶めかしく上気して、ハアハアと息をはずませていた。善治郎の息もはずんでいる。それをいったんとめて、腰を前に送りだした。険しい表情をしていたことだろう。興奮のあまり、鬼の形相で挑みかかっていったことだろう。

「んんんっ……」

聡子も息を呑む。薄闇の中で眼を凝らしている。見つめあいながら、善治郎はさらに奥へと入っていく。蜜壺の締まりと熱気を感じながら、ずぶずぶとおのが男根で貫いていく。

「あああああーっ！」

ずんっ、と突きあげると、聡子は背中を弓なりに反り返した。その体をしっかりと抱きしめ、善治郎はすかさず腰を使いはじめた。大人の余裕がまったくなかった。まるで盛りのついた牡犬だった。

だが、それが嬉しかった。そんなふうに女に挑みかかれる力が、まだ自分に残っていたことが嬉しくてならず、ひたむきに腰を振りたてた。

しかし……。

善治郎は童貞でもなければ、盛りのついた牡犬でもなかった。気持ちはそうでも、体は六十代半ばだった。一分で息が切れた。息苦しさはなんとかいなせても、必死で腰を振れば振るほど、イチモツから力が抜けていった。五分と持たなかった。

中折れである。

酒のせいだ、と思った。せっかく鰻で精をつけたのに、お銚子を二本も飲んでしまっては、足し引きゼロというか、マイナスのほうが大きい。

「……すまん」

断腸の思いで動きをとめ、聡子を見下ろした。眼を閉じてあえいでいた聡子が、瞼《まぶた》を重そうにあげてぼんやりと見つめてきた。眼の下の紅潮がたまらなくいやらしかったが、もはやその程度のことでは回復しそうになかった。

「少し……休んでもいいかい？」

「……ええ」

聡子が気まずげな笑顔でうなずいてくれ、善治郎は彼女の上からおりた。狭いベッドの上で、肩を寄せあいながら天井を見つめた。怖いくらいに息がはずんでいた。それでも、胸のざわめきはそれ以上で、油断すると眼頭が熱くなってきそうだった。

いまの聡子の笑顔に、記憶を揺さぶられた。似たような気まずい笑顔を、善治郎はかつて見たことがあった。

そうなのだ。

女房と夫婦生活を営まないようになったのは、中折れが原因だった。最後まで完走できないことが何度が続くと、恥ずかしいやら情けないやら、女房を求めるのが億劫になってしまったのである。

もちろん、女房は善治郎を責めたりしなかった。いまの聡子のように、笑顔で許してくれた。逆につらかった。当時はかなり深く落ちこんだ。人間というものは、都合の悪い思い出を忘れるのが得意な生き物らしい。覚えていれば、断固として服を脱がなかった。童貞だの、盛りのついた牡犬だの、調子に乗って女とまぐわおうとはしなかった……。

「とっても久しぶりだったんでしょう？」

聡子が耳元でささやいた。

「ああ……」

善治郎は天井を見上げたまま荒《すさ》んだ声を返した。

「だったら落ちこむことはないと思うな。途中までできたんだもの。次はきっと最後まででできるわよ」

次？　そんなものがあるはずないじゃないか、と善治郎は胸底で吐き捨てた。雨に濡れたくないばかりに、のこのこソープになどついてきた一時間前の自分を、ぶん殴ってやりたい気分だった。

「だから今日は……わたしにまかせて……」

「んっ？　なんだい……」

聡子が体を起こしたので、善治郎はあわてた。

「大丈夫だから……きっと大丈夫……」

聡子は言いながら、善治郎の両脚の間で四つん這いになり、自分の蜜で濡れまみれたイチモツを、ためらうことなく口に含んだ。

善治郎は勃起していなかった。していたとしても、せいぜい二十パーセントか三十パーセントで、女とまぐわえる形はしていなかったはずだ。

だが、聡子が舌を使いはじめると、みるみる硬さを取り戻していった。まるで魔法だった。商売女の口腔奉仕はたしかに上手かったし、後から聞いた話では、聡子はそのとき、玉袋と肛門の間にある回春のツボを押していたらしい。

それにしても……。

気がつけば、善治郎はうめき声をもらして身をよじっていた。

聡子は亀頭部分をねっとりと舐めまわしながら、根元を指先でしたたかにしごいてきた。

女とまぐわうのとはまた別の、痛烈な快感に善治郎の顔は燃えるように熱くなっていった。口腔奉仕をされていることはわかっても、どんなふうにされているのかわからなかった。それほど翻弄されていた。女房は口腔奉仕が苦手だったので、こんなふうに一方的に追いつめられた経験が、善治郎にはなかった。

そして、クライマックスが訪れた。

パンパンにふくらんだ男根が爆《は》ぜるような衝撃的な快感に、雄叫《おたけ》びをあげるのを我慢できなかった。十数年ぶりの射精だった。体の内側でなにかが決壊し、煮えたぎる男の精が尿道を駆けくだっていく感覚は、とても言葉で言い表しきれるものではない。

聡子はそれを、口で受けとめてくれた。吸っていたのかもしれない。とにかく痛烈な快感で、善治郎は叫び声をあげ、恥ずかしいほど身をよじり、いっそのたうちまわっていると言ったほうが正確かもしれない取り乱した状態で、長々と射精を続けたのだった。

5

それ以来、善治郎の吉原通いが始まった。

週に一度、いそいそと出かけていっては『ブルータス』で聡子を指名し、そのうち他の店にもあがるようになって、一年が過ぎた。

ちょっとした不良老人だった。

しかし、女遊びしたところで、誰に迷惑をかけるわけでもない独り身だし、女房を亡くしてもう十年も経っているのだ。素人が相手ならともかく、プロに金を払って遊んでいるぶんには、死んだ女房だって見逃してくれるだろうと思った。趣味もなく、賭け事もやらず、大酒を飲むわけでもない。どうかひとつ見逃してほしいと、出かける前には仏壇に手を合わせた。

聡子が味わわせてくれた十数年ぶりの射精は衝撃的だったけれど、善治郎はなにも、刹那の快感だけを求めて吉原に行っているわけではなかった。

嘘ではない。裸の女と身を寄せあうだけで、驚くほど癒やされるのだ。若いころのように、射精そのものにこだわることは、むしろなくなった。旅をするように女体を巡れば、それこそ野趣あふれる温泉に浸かるようなリラックス効果を得られる。

おかげで、生活に張りが出た。

実のところ、還暦を過ぎて二、三年したころから、隠居がいつも頭の片隅にあった。蓄えもあれば年金も支給されているので、もうのんびり過ごせばいいじゃないかと、息子たちにもよく言われる。

だが、のんびり過ごすということが、善治郎にはよくわからない。仕事を辞めてしまって急に老けこんでしまった人間を何人も見ているし、善治郎はやはり、豆腐づくりが好きなのだった。早起きして仕事場に立つことが長年の習慣になっているし、仕事をしているからこそ、同世代の人間より足腰がしっかりしているという自負もある。

そこで、仕事で稼いだ金はすべて、女遊びにまわすことにした。昔よりずいぶんと商売の規模が小さくなったので、さして大金ではない。だが、その金で裸の女と戯れられると思うと、いままで以上に仕事に精を出すことができるのだった。平日はしっかり働いて、日曜日は浅草に行って昼酒を楽しみ、裸の女と戯れる。心身ともに解放される、最高の癒やしがそこにある。人には決して言えないけれど、心の底からそう思える。

人間なんて、単純なものなのだ。

男だから、単純なのだろうか。

そこに真っ白く柔らかい女体があれば、頬がゆるみ、鼻の下が伸びていく。馬鹿馬鹿しいと言えば馬鹿馬鹿しいけれど、善治郎は自分の中に隠されていたそういう部分を、蔑《さげす》むことができなかった。

十年前なら蔑んでいたかもしれない。

二十年前、三十年前なら、自己嫌悪でやりきれなかっただろう。

しかし、残り少ない人生なのだから、自分に素直に生きたかった。いや、素直に生きるべきだった。冥土《めいど》の土産というほど大げさではないが、いままで真面目にやってきたご褒美を、自分にあげてもバチはあたらないだろうと思った。


「それにしても、今日は本当に元気ねえ……」

ベッドで身を寄せてきた聡子が、善治郎のイチモツに手を添えてうっとりと眼を細めた。

「キミに会うのが久しぶりだからじゃないか」

「ひと月ぶりくらい？」

「そうなるかな」

「もう来てくれないんじゃないかって、やきもきしてたんだから」

潤んだ瞳で見つめられ、善治郎は息を呑んだ。ソープ遊びのイロハを教わった女なので、善治郎にとって彼女は特別な存在だった。それを差し引いても、これほど艶やかな女は、そうざらにはいないだろう。

吉原で遊びはじめた当初は、彼女目当てでこの街に足を運んでいた。他には眼もくれなかった。しかし、このままでは情が移ってしまいそうだと、他の店でも遊ぶようになったのだった。

善治郎なりに、遊びのルールを考えた結果だった。

ぞっこん惚れこみ、気持ちまで奪われてしまったら、遊びではすまなくなる。仕事だって手につかなくなるかもしれない。善治郎も聡子も、そんなことは望んでいない。

「わたしが上になってもいい？」

もう欲しい、という表情でささやかれ、

「ああ」

善治郎はうなずいた。中折れの危険がある場合、正常位がいちばん無難なのだが、今日は本当に硬くなっているから、騎乗位でも大丈夫だろう。勃ちが悪いと、騎乗位では抜けてしまう。

「……んしょ」

聡子が体を起こし、善治郎にまたがってくる。四つん這いになって、ぴったりと唇を重ねられる。舌をからめあっているうちに、聡子は挿入の準備を整える。男根に手を添え、切っ先を濡れた花園に導いていく。

キスをやめ、息のかかる距離で見つめあった。

「んんんっ……」

聡子が腰を落としてくる。熱く潤んだ蜜壺に、男根が咥えこまれていく。何度経験しても、ずぶずぶと女の中に入っていくこの感覚はたまらない。男に生まれてきた悦びを嚙みしめられる一瞬である。

「あああっ……」

聡子は最後まで腰を落としきると、ぶるっ、と身震いして見つめてきた。何事も、決して焦らないのが彼女のベッドマナーだった。いきなり動きだしたりせず、口づけをしてくる。ねちっこく舌をからめあえば、善治郎の両手は自然と彼女の胸に伸びていく。たわわな軟乳をやわやわと揉み、乳首をつまみあげる。爪を使ってくすぐるように刺激してやると、聡子はじっとしていられなくなり、悶えるように身をよじる。

「んんっ……あああっ……」

　一度動いてしまえば、腰を使わずにいられなくなった。豊満な尻を振りたてて、男根をしゃぶりあげてくる。ピッチがゆっくりだから、なおさらそういう感じがする。聡子の蜜壺はよく締まり、内側の肉ひだがからみついてくる。名器とはこういうものを言うのだろうと、善治郎は舌を巻くばかりだ。

　とはいえ、ただぼんやりと乳房と戯れているわけにはいかない。パチーン、パチーン、と聡子が尻を打ちおろしてくるほどに、体温が一度ずつ上昇していくような気がする。興奮にまかせて、四つん這いになっている女体を撫でまわす。背中から、くびれた腰、豊満な丸い尻、そして蕩けるように柔らかい太腿……どこを触っても、完熟した女の艶めかしさが手のひらに伝わってくる。

「ああっ、いいっ……」

　聡子が眉根を寄せ、半開きの唇を震わせる。腰使いに熱がこもり、蜜壺の締まりが増してくる。あふれた蜜が、善治郎の内腿まで濡らしてくる。

　たまらなかった。

　下になっていても、女を抱いている実感がたしかにあった。正常位のほうが自由に腰が使えるが、聡子のような熟練者が相手だと騎乗位が本当に心地よい。体力を使わず、リラックスして女体とまぐわえる。女体のもつ素晴らしさを、隅々まで味わうことができる。善治郎の両手はいま、尻の双丘をしっかりとつかんでいる。乳房より弾力のある揉み心地を堪能しながら、勃起した男根にすべての神経を集中させていく。

「気持ちいい？」

聡子が訊ねてくる。眼を細め、眉根を寄せた表情が扇情的で、善治郎はうなずきながらも見入ってしまう。

「今日は……このまま最後までいけそうだ……」

「嬉しい……」

聡子は嚙みしめるように言うと、背中を丸めて善治郎の乳首を舐めてきた。舌で転がしては吸いたてて、時には甘嚙みまでして刺激してきた。

ああっ……。

思わず声をもらしてしまいそうになる。

ソープ遊びを覚えるまで、善治郎は男の乳首がこんなにも感じるものであることを知らなかった。女房をはじめ、そんなところを愛撫してくる女と寝たことがなかったからである。

自分の体なのに、不思議なことだった。還暦を過ぎても、まだ新鮮な発見があるなんて、性の道は実に奥深いものだと驚嘆した。

挿入状態で乳首を刺激されると、蜜壺に埋まった男根に力がこもっていく気がした。より硬くなり、太さまで増す――錯覚かもしれないが、肉と肉との密着感がたしかにあがっていた。尻の双丘をつかんだ両手に力がこもった。ピーンと両脚を突っ張れば、こわばった全身が小刻みに震えだした。

「もっ、もうっ……もう出るっ……」

絞りだすような声で言うと、

「ああっ、出してっ……中で出してっ……」

聡子が紅潮した顔で返した。パチーン、パチーン、と豊満な尻を打ちおろすリズムに、善治郎は呑みこまれた。五体の震えが激しくなり、体中の血液が男根に集中していくような感覚がした。蜜壺は淫らなほどに熱く潤んで、勃起しきった肉棒をしたたかにしゃぶりあげてきた。

「おおおうっ！」

ドクンッ、と体の内側で衝撃が起こり、善治郎はのけぞった。尻の双丘にぐいぐいと指を食いこませながら、ドクンッ、ドクンッ、と続けざまに男の精を吐きだしていく。

「ああっ、出してっ……もっと出してっ！」

聡子の声が、遠く聞こえた。善治郎の頭の中は真っ白だった。身をよじり、雄叫びをあげて、射精を続けた。不思議だった。若いころより、あきらかに快感が峻烈になっていた。炎が消える前の蠟燭《ろうそく》のようなものだろうか。

年をとるのも、悪いことばかりではないと思った。

残り少ない命を燃やすような、快楽の炎には迫力があった。全身が肉の悦びに打ち震えていた。ドクンッ、ドクンッ、と男の精を吐きだすたびに、怖いくらいに体が跳ねる。体の芯に、稲妻のような快感が走り抜けていく。

最後の一滴まで漏らしきると、糸が切れてしまった操り人形のように、ぐったりと体中から力が抜けていった。

第二章　癒やしの二輪車

1

梅雨《つゆ》入り前のさわやかな陽気だった。

東京の街がいちばん過ごしやすい季節である。

三社祭《さんじゃまつり》を終えたばかりの浅草は、なんだか気が抜けたサイダーのような雰囲気だったが、それもまた悪くない。

浅草寺に向かう参道をぶらぶら歩きながら、善治郎はこの一年のことをぼんやりと思い返していた。昼酒と女遊びにうつつを抜かす不良老人——他人から見れば眉をひそめられることと請け合いである。お天道《てんとう》さまに恥ずかしくないのかと言われれば、それはもちろん恥ずかしい。

とはいえ、善治郎の場合、まるっきりうつつを抜かしているわけではなく、六十六歳にもなって週に六日は働いているのだ。昼酒にしろ、女遊びにしろ、胸を張って自慢できることではないけれど、少しくらいこの世の愉悦を味わったところで許されるのではないかと思う。

それにしても、浅草というのは、善治郎のような男がひとりで遊ぶのにうってつけの場所だった。理由はいくつかある。

まず、飲食店が揃っている。鮨屋、鰻屋、蕎麦屋、天ぷら屋といった江戸前の料理はもちろん、牛鍋や桜鍋の名店もあれば、昭和の香りが漂う昔ながらの洋食屋もまだ元気に営業している。

昨今流行のグルメなどとは無縁の生活を送ってきた善治郎だが、ひとり酒のお供に、それらの店を訪れることを覚えた。格が高すぎたり、べらぼうな料金をとるところは敬遠するが、それでも訪れてみたい店は後を絶たない。今日はどぜう鍋でぬる燗を飲もうか、いやいや、ビーフシチューに赤ワインも捨てがたい――そんなことを考えながら散歩するのは至福の時間で、旨い料理に舌鼓《したつづみ》を打ち、さあ吉原に出陣となれば、気分はすっかりいにしえの遊び人である。

続いて、浅草には若者が少ない。

もちろん、華やかな浴衣姿を披露しにきた若い娘や、外国人観光客だっているわけだが、この街はもはや十代、二十代が胸を躍らせて遊びにくる盛り場ではないのである。目立つのは白髪ばかりで、圧倒的に年寄りの天国だ。それゆえ、善治郎がひとりふらふら千鳥足で歩いていても、浮くことがない。たいていの店で、場違いな居心地の悪さを感じることがないのである。

まことに灯台もと暗し、自宅から橋を一本渡っただけで、これほど楽しいところがあるなんて、この年になるまで気がつかなかった。いや、遅まきながらこの年で気づいたことに、感謝をすべきなのかもしれないが……。

その日は昼酒の前に、ひとつ立ち寄ってみたいところがあった。

六区にある複合ビルの最上階にある、スーパー銭湯がなかなかいいという話を耳にしたのである。以前から存在自体は知っていたが、浅草が近くて遠い街だったころは、わざわざ足を延ばそうと思わなかった。

ソープランドで遊ぶようになってからも、浴槽内で女と戯れるソープの風呂こそが桃源郷と思っていたものだが、件《くだん》のスーパー銭湯には露天風呂がついているという。

五月晴れの昼、浅草のまん真ん中で露天風呂とはなかなかオツなのではないかと、粋人《すいじん》ぶって立ち寄ってみることにした。

件の複合ビルは、六区の目抜き通りと国際通りに挟まれたところにあった。一階はファッションビルの様相で、洋服屋や雑貨屋が賑々しく並び、ひとっ風呂浴びるような雰囲気は皆無だったが、エレベーターで階上にあがっていくと、ガラリと様子が変わって立派な造りのスーパー銭湯になっていた。

頭にスーパーとつくだけあって、善治郎が子供のころに慣れ親しんだ銭湯とはずいぶん趣が違う。ホテルの大浴場のような格式さえ感じさせた。目当ての露天風呂に入ってみれば、頭上に五月の青空がぽっかりと開け、スカイツリーが見えた。しみじみといい気分になった。

いい気分の正体は、自由ということなのかもしれない。

ひとりでいることを満喫しているから、なのかもしれない。

なるほど、人生は不自由なものである。仕事に精を出し、家族を養っていく生活が、自由奔放であるわけがない。

そして、ひとりは淋しい。十一年前、不慮の事故で女房を亡くし、善治郎は生まれて初めてひとり暮らしというものを経験した。ふたりの息子たちはそれぞれに一緒に暮らそうと言ってくれたが、住み慣れた土地を離れ、東京郊外でマンション暮らしをする気にはどうしてもなれなかった。

好意に甘えて転がりこみ、厄介者扱いされることに対する恐怖があった。

同世代の友人知人から、そういう話をよく聞かされている。息子たちの邪魔になるくらいならと、気丈に振る舞って生まれて初めてひとり暮らしを経験してみたものの、本音を言えば淋しかった。食事をしていても、テレビを観ていても、話し相手はどこにもいない。運命を呪ったこともあれば、叫び声をあげたくなる夜もあった。おそらく当時の善治郎は、軽い鬱《うつ》状態にあったと思う。

それでも……。

時間というものは偉大なものだとつくづく思う。

十一年も経ってみれば、淋しさの向こう側にある、自由の存在に気がついた。死んだ女房は帰ってこない。息子たちは立派に独立し、自分たちの家族と生活している。そのことを自然に受け入れ、開き直りの境地に達することができたのである。

ひとりは自由だ。

五月の薫風《くんぷう》のように気ままに生きられる。

それはそれで、人生の醍醐味《だいごみ》のひとつなのではあるまいか。

風呂からあがった善治郎は、六区にある煮込み通りの店に入った。店に入ったというか、店の前の路上に出ているテーブル席に腰をおろした。

一年前は気後れして入れなかったけれど、いまはもう大丈夫である。風呂上がりに体は火《ほ》照《て》り、街には五月のさわやかな風が吹いている。路上の席で、風に吹かれながら飲まない手はない。

冷えたビールで喉を潤せば、くぅう〜と唸ってしまう。粗末な丸椅子も、このときばかりは極上の座り心地に早替わりだ。風に吹かれて盃を重ねれば、アアコリャコリャと小唄のひとつも歌いたくなってくる。もちろん、にわか仕込みの遊び人には、小唄を披露する教養など身についていないけれど……。

牛すじの煮込みを肴《さかな》に生ビールの中ジョッキを飲み干し、ツブ貝をつまみながら冷や酒を飲んだ。気がつけば、お銚子が三本も空いていた。

由々《ゆゆ》しき事態だった。

これから吉原に突撃するのなら、あきらかに飲みすぎである。普段の善治郎なら、女遊びの前はお銚子一本までと決めている。ワインなら一杯、トイレが近くなるビールはなるべく飲まない。心配しなくても、まだ陽は高いところにある。昼酒を存分に楽しみたければ、遊んだあとにすればいい。

だが、この日、善治郎は吉原とは別のところで遊ぼうとしていた。

さすがにスーパー銭湯に入ったあとにソープランドでは、いくらなんでもふやけてしまう。露天風呂に立ち寄ることにした時点で、吉原とは別のところにターゲットを絞っていた。浅草には、ソープランド以外にも女遊びができるところがいくらでもある。

「お勘定」

飲み代を払って店を出た。いい気分だった。足元はいささか覚束《おぼつか》なかったけれど、善治郎は肩で風を切って六区の人混みにまぎれていった。

2

国際通りを渡った西浅草界隈にはラブホテル街がある。

このあたりでラブホテル街といえば鶯谷の駅前が有名だが、西浅草も決してあなどれない。六区から徒歩二、三分と立地もよく、すっかり酔ってしまった善治郎でも道に迷う心配はない。

適当なホテルに入った。

すでに何度か経験していたが、ラブホテルにひとりで入るというのも、なかなか不思議な気分である。そもそも、男女の営みのために提供されている場所に、ひとりで入る客などいるのだろうかと思っていたが、いるのである。善治郎だけの専売特許ではない。

あとから女を呼ぶのだ。デリバリーで性的サービスを提供する店は、近年活性化の一途を辿り、ソープランドなどの路面店よりコストパフォーマンスが高いと評判だった。

「……ふうっ」

部屋に入った善治郎は、まず大きなベッドに大の字になった。ソープのベッドはベンチのように狭いけれど、ラブホテルのベッドは本当に快適である。

いい具合に酒もまわっていた。眠気を誘うほどではないが、かといって、女を組みしだいてハッスルできるほどの元気はない。

こういうときはマッサージである。

マッサージであれば、酔っているくらいがちょうどいい。

デリバリーの店には、本番以外はなんでもできるところ、そういう建前で追加料金を払えば本番ができるところ、その他、性感マッサージや回春マッサージなど各種取りそろっている。

マッサージを謳《うた》っているところは、客が女にタッチできない。マグロ状態で、手指によるサービスを受けるだけなのだが、女が裸になるならない、下着まではＯＫなど、店によって細かい違いがある。

スマートフォンがあれば、そういう情報が一挙に入手できるらしいが、哀しいかな善治郎は、いまだ古いタイプの携帯電話しかもっていなかった。

とはいえ、心配することはない。

ポケットには、風俗雑誌の切り抜きが入っている。ベッドに大の字になったままそれを眺めるのは、頬のゆるむ瞬間である。ソープランドの待合室は、いかにも落ち着かないところが多いけれど、ラブホテルの個室なら、ひとりのんびりと妄想の翼をひろげることができる。

A店、B店、C店——目星をつけた店は三つある。店名も似たり寄ったりなら、煽《あお》り文句も大差なく、料金も横並び。写真は修整されていそうであてにはならないから、実際のところ雑誌に載っている情報では決め手に欠ける。

「こういうとき、本当の遊び人なら……」

善治郎は切り抜きを眺めながら苦笑した。

さして迷うこともなく、適当に電話して適当な女を連れてきてもらい、決してチェンジはせず、どんな女が相手でも楽しいひとときを過ごし、笑顔で女を部屋から送りだすのだろう。

その点、自分はまだまだ全然ダメだと思った。

デリバリーの店に電話をしても、あるいはソープランドのボーイと直接話していても、ついついしつこく訊ねてしまう。

なにも、とびきり美人を求めているわけではない。若くなくてもかまわない。やさしくて気立てのいい女がよかった。

善治郎が求めているのは癒やしなのである。射精は二の次、三の次、完走するに越したことはないが、決して固執はしない。ただ、抱きあっているだけでもいい。素肌と素肌を重ねあわせ、見つめあっているだけでも——そういうことに付き合ってくれる女がいいのだ。

となると……。

何度か試してみた方法があった。「おたくでいちばんの年増をよこしてくれ」と注文するのである。

風俗嬢は若ければ若いほど価値がある、と風俗嬢は思っている。それゆえ、三十代後半から四十代の女は、ひどく遠慮がちに現われる。「わたしでよろしいでしょうか」と不安げな上目遣いで訊ねてくる。

あの奥ゆかしさがたまらない。「もちろんいいよ」と笑顔で快諾すれば、器の大きい男になったようで気分がいい。

だが、その方法はかならずしもうまくいかない。

年齢さえ重ねていれば、誰もがやさしく、気立てがいいというわけではないからだ。考えてみれば当たり前のことなのだが、なかには気が利かない女もいる。年増を頼んで満足できる確率は、五分五分だろうか。

「どうしたものかな……」

人生に負けはつきもので、負けることによって成長することもある。女遊びも同様であり、ハズレを引くことを恐れてはいけない。むしろ、今回のハズレによって次回のアタリがひときわ輝くこともあるのだと、頭ではわかっているのだが……汗水垂らして働いた金を使うとなれば、やはりハズレを引きたくないのが人情だろう。

「……んっ？」

似たり寄ったりの煽り文句の中に、異質な言葉を発見した。

3Pコースあります――。

つまり、女をふたり同時に呼ぶことができるらしい。

一般的に、本番なしを建前にしているデリバリーは、ソープランドよりもずっと安い。切り抜きの店は、どれも六十分一万二千円だ。ふたり呼べば、二万四千円。ホテル代を合わせても、ソープランドより安く遊べる計算になる。

疼くものがあった。

遊び以外の場面であれば、女ふたりとベッドインするなんて、まず滅多にあり得ない。

しかし、遊びなら可能なのである。金さえ払えば、ふたりがかりでマッサージしてもらえる。料金だって、目ん玉が飛びだすほど高いわけではない。

それに……。

いい女が来る確率が五分五分で、女がふたり来るならば、どちらかがアタリということになるではないか。

いや……。

目の前に女がふたりという異常事態に直面し、アタリ云々などと、呑気なことを言っていられるだろうか。この部屋に女がふたり来て、ふたり揃って服を脱ぎ、ふたりの前で自分も裸になり、マッサージを……。

善治郎はそわそわと落ち着かなくなり、気がつけば折りたたみ式の携帯電話を開け、３Ｐコースのある店の番号を押していた。

3

三十分の待ち時間は長かった。

けれども退屈はしなかった。

これから起こるあれこれを想像していると、胸が高鳴ってしかたがない。淫らな妄想に喉が渇き、冷蔵庫から缶ビールを出して飲んでしまった。おかげでトイレが近くなり、二度、三度と行かなければならなかった。

扉がノックされると、善治郎はベッドの上で飛びあがった。とうとう来てしまった。女ふたりと3Pコース——経験したことのないアブノーマルプレイに、罪悪感が疼かないこともなかったが、胸の高鳴りはそれ以上だった。

「失礼します」

扉を開けると、入ってきた。自分で頼んでおきながら、本当にふたりも来てしまった、と脚が震えだした。

もちろん、情けない小心をさらけだすわけにもいかず、いかにも慣れている体《てい》を装い、まずは料金を支払った。

「蘭《らん》です。今日はよろしくお願いします」

先に名刺を渡してくれたのは、二十代半ばの若い女だった。顔立ちには今風の可愛らしさがあるが、おっとりしていて好感がもてた。

「詩織《しおり》です」

彼女のほうは、ぐっと年上で三十代半ば。和風の美人で、仕事ができそうだった。ふたりが並んだ印象は、新人ＯＬとお局《つぼね》さま、と言ったところか。

「それじゃあ、先にシャワー浴びましょうか」

詩織が言い、蘭がうなずく。ソープランドと違い、客の服を脱がせてくれるサービスはないようだった。気まずい沈黙の中、各自が自分で服を脱いでいくのは、なんとも言えない緊張感があった。

若い女が苦手な善治郎でも、蘭が下着姿になると、ごくりと生唾を呑みこまずにいられなかった。

白とピンクの下着に飾られた裸身はまぶしいほどの乳白色で、むちむちしたグラマーだった。ブラジャーをはずした瞬間、たわわに実った肉房が揺れはずみながらこぼれだした。すごい迫力だった。

一方の詩織は細身の柳腰で、乳房も控え目なサイズである。とはいえ、色香はひどく濃厚だった。パンティを脱ぐと、黒々と茂った逆三角形の恥毛が眼に飛びこんできた。俗に、下の毛が濃い女は好き者だというが、その伝で言えば彼女はかなりのスケベでもおかしくない。長い黒髪をアップにまとめる仕草も艶めかしく、うなじに視線が吸い寄せられた。

善治郎も全裸になった。

イチモツはまだ、下を向いたままだった。

三人でバスルームに入った。妙に静かだった。風俗嬢は普通、よくしゃべる。会話によって客を和ませ、自分もリラックスするためだと思うが、蘭も詩織も唇を真一文字に引き結んだまま、黙々と善治郎の体にシャワーで湯をかけ、ボディソープを塗りたくってくる。

3Pコースに慣れていないからかもしれない。

あるいは、あまり仲がよくないのか……。

いずれにせよ、会話がないのも、笑顔がないのも、それはそれで悪くなかった。経験のない一年前なら泣きたくなったかもしれないが、いまではそれなりに場数を踏んでいる。気まずい沈黙が緊張を誘い、緊張は興奮を呼ぶ。つまらない笑い話をされるくらいなら、黙して興奮を嚙みしめているほうがずっとよかった。

なにより、これほどの眼福は滅多にない。

グラマーな若い女と、スレンダーな三十女。蘭のヌードは潑剌《はつらつ》として、詩織のヌードは色気たっぷり。視線が定まらず、気持ちは落ち着かない。とにかく対照的なふたりなので、いくら見ても見飽きることがない。詩織の恥毛が黒々とした逆三角形なら、蘭のそれは若草をひとつまみといった風情で、こんもりと盛りあがったヴィーナスの丘の形状までよくわかる。

「失礼します」

蘭がボディソープを取った手で、イチモツを洗いだした。続いて、詩織が尻の桃割れから肛門にかけて、ヌルヌルの指を這わせてくる。

「むむっ……」

善治郎は顔を赤くして、首に筋を浮かべた。早くも疼くものがあった。蘭の手の中で、イチモツが半勃起状態になった。あれほど酒を飲んだのに、完全勃起までそれほど時間はかからない気がした。


ベッドに移動し、善治郎がうつ伏せになってマッサージが始まった。

彼女たちの属している店は性感マッサージ専門店を謳っており、本番はもちろん、客側からのボディタッチもNGだ。キスもなく、客はマグロ状態でマッサージを受けるだけなのである。

とはいえ、それでも客を満足させられるから成り立っている。

ふたりはまず、善治郎の背中にベビーパウダーをかけてきた。さらさらの状態にして手指を羽根のように使い、くすぐるように刺激してくる。マッサージはマッサージでも、筋肉をほぐすそれとは違う。どこまでもいやらしく、男の体をまさぐってくる。

ひとりでも充分に心地よいマッサージなのだが、今日はふたりがかりだった。四本の手、二十本の細指が、いやらしさを競うように這いまわる。首筋や脇腹、さらには尻や太腿へ……。

「むううっ……」

脚をひろげられ、桃割れや内腿をくすぐられると、さすがに身をよじった。風俗遊びを始めてから、善治郎は受け身の快感に開眼した。まぐわいにおいて、愛撫をするのは男の役割だとばかり思っていたが、逆の立場になってみれば、こんなにも感じるのだ。女の体に隠れた性感帯がいくつもあるように、男の体にもそれがある。完全受け身状態で愛撫に身を委《ゆだ》ねていると、尻の表面すら性感帯であることに驚かされる。

「はい、それじゃあおあお向けになってください」

「……うむ」

善治郎は鼓動を乱しながら、ゆっくりと体を反転させていった。緊張の一瞬である。完全勃起はしていないが、平時の状態でもない。中途半端とはいえ、興奮しているイチモツを、女たちの眼にさらすのは……。

あお向けになった。

蘭も詩織も奥ゆかしく、ジロジロ見てくることはなかったが、横眼で股間を確認してきた。表情を変えずにベビーパウダーを善治郎の体にかけ、さわさわと撫でさすってくる。首筋、胸、脇腹、太腿……背面をマッサージされていたのと同じように刺激されるが、うつ伏せのときとは決定的に違うことがある。あお向けなら、全裸のふたりが眺め放題なのである。

蘭も詩織も伏し眼がちで、決して視線を合わせてこなかった。おかげで善治郎は、遠慮なくふたりの裸を眺められた。若い蘭のたわわな乳房、熟れた詩織の艶めかしい柳腰……。

乳首の色は、蘭が淡い桜色で、詩織がややくすんだあずき色だった。どちらもそそる。清らかな蘭の乳首も綺麗だが、詩織の乳首もくすみ具合がいやらしい。口に含んでしゃぶってみたい。きっと感度は良好だ。このくすみ具合は、性感を開発されきっているなによりの証拠に違いない。

もしも……。

自分が若く、精力絶倫で、金に糸目をつけずに遊ぶとしたら……。

相手にとって不足はなかった。

ふたりを横に並べ、勃起しきった男根で代わるがわる貫いてやりたい。いまは伏し眼がちで無口な彼女たちも、そうなれば黙っていられないだろう。詩織など、ひいひいと喉を絞ってよがり泣くかもしれない。年下の蘭が見ている前で、あられもなく……。

澄ました顔をしているぶんだけ、激しくよがる姿とのギャップがはなはだしく、蘭は眼を丸くして驚くのではないだろうか。

これは見ものである。

蘭が驚く表情が、善治郎をなおさら奮い立たせる。正常位だけではなく、騎乗位でみずから腰を使わせてやれば、詩織はもう、完熟のドスケベさを隠すことができない。

羞《は》じらいながらも腰を振りたて、ずちゅっ、ぐちゅっ、と卑猥な肉ずれ音をたてる。それ以上の迫力であえぎ声を撒き散らし、ガクガクと腰を震わせて、やがて恍惚の彼方へゆき果てていく……。

善治郎は続いて蘭とまぐわう。なにしろ精力絶倫なので、ひとりをイカせたくらいでは満足できないのである。

若くて可愛い蘭に対しては、詩織とは扱い方を変える。口づけから始まるやさしい愛撫で緊張をほぐし、正常位でたっぷりと可愛がってやる。卑猥な肉ずれ音など決してたてず、「可愛いよ、素敵だよ」と甘い声でささやきながら、スローな抜き差しをしつこく続ける。

そうすれば、やがて蘭もその気になってきて、自分からキスをしてきたり、しがみついてきたりするだろう。見つめあいながら呼吸を合わせ、淫らなリズムを分かちあうのだ。

ふたりの世界である。

同じベッドには、ゆき果てたばかりの詩織がいる。イチャイチャしながら腰を振りあっている善治郎と蘭を見て、アクメの余韻でねっとり潤んだ瞳に、嫉妬《しっと》の炎を燃えあがらせる。

それもまた、最高に刺激的に違いない。

4

「あら」

詩織がイチモツを見て眼を丸くした。

「いつの間にか、こんなに大きく……」

「いやあ……」

善治郎は大いに照れた。淫らな妄想に耽《ふけ》ったせいで、すっかり完全勃起状態になっていた。

「それじゃあ、こっちはローションでマッサージしましょうね」

詩織が手についたベビーパウダーをタオルで拭い、蘭もそれに倣《なら》った。ローションのボトルを出し、たっぷりと手のひらに取った。

女遊びを始める前、善治郎はローションの存在を知らなかった。いまとなっては週に一度は見かけている。ソープランドでは必需品だし、デリバリーの風俗嬢も必ず携帯していると言っていい。

ヌルヌルした実にいやらしい感触がするそれは、海草などの天然成分でできているらしく、口に入っても問題ないという。まったく誰が考案したのか、世の中には好き者が多いと感心してしまう。

「失礼します」

四つの白魚の手が、男根に伸びてきた。ほんの少し触れられただけでビクッとしてしまうほど、敏感になっていた。そこにふたりがかりの愛撫なのだから、たまらないものがあった。

蘭と詩織はまず、そそり勃った男根にヌルヌルしたローションを塗りたくってきた。まるで男根を奪いあうような手つきが得も言われぬ快感を呼び、善治郎は意識が遠くなりかけた。

だが、それはまだ序の口にすぎない。

蘭が皮を根元に引っ張っていくと、無防備にさらけだされたカリのくびれを、詩織の手のひらが包みこむように撫でさすってきた。皮を伸ばされているぶん、刺激が強くなるので、善治郎は激しく身をよじった。

見た目もすごかった。六十六年間、ともに人生を歩んできたイチモツを、こんな荒淫にさらすなんて申し訳ないと思ってしまったほどだった。

それでも、刺激には勝てない。

蘭と詩織はやり方を次々と変え、決して飽きさせないように、男根への性感マッサージに精を出した。皮を引っ張られていたかと思えば、肉竿をすりすりとしごきたてられ、さらには爪を使って裏側をツツーッとなぞってくる。ねっとりしたローションと、硬い爪の感触の組み合わせが実に刺激的である。

「むむっ……むむむっ……」

善治郎の顔はみるみるうちに燃えるように熱くなり、脂汗《あぶらあせ》さえ滲ませはじめた。首に何本も筋を浮かべ、息をすることもできなくなった。

じわり、と射精が近づいてくる。

こんなはずではなかった――ともうひとりの自分が言う。

求めていたのはあくまでも癒やしで、ふたりの女と戯《たわむ》れられればそれで充分だったのだ。射精などしなくても、マッサージでリラックスしたかっただけなのである。

そのつもりだったので、ずいぶん酒も飲んでしまった。

男根はいまにも爆《は》ぜそうな勢いで硬くなっていたが、これは気のせいに違いなかった。自分の体なので、善治郎にはわかっている。射精が近づいてきているようであっても、決してそこには到達できない。その気になって集中したところで、もう若くない。精力絶倫は妄想の中だけにしておかなければ恥をかくし、彼女たちに気まずい思いをさせてしまうかもしれない。

「あのう……」

詩織がおずおずと声をかけてきた。

「追加料金をいただければ、お口ですることもできますけど……」

「いくらだい？」

「ひとり五千円」

妥当な料金設定だった。蘭と詩織に代わるがわる口腔奉仕をしてもらうのも、悪くない気がした。しかし、それではあくまで射精を目指すことになる。無理だとわかっていても、玉砕覚悟で咥えてもらうか……。

だが、善治郎が求めたのは、彼女たちの提案の逆だった。

「クンニをさせてもらうことはできないの？」

「えっ……」

蘭と詩織は眼を見合わせた。

「そういうオプションは……ないんですけど……」

「本番はできるんだろう？」

もう一度、女たちは眼を見合わせた。デリバリー店の場合、本番のあるなしを女に委ねられていることがままある。公然の秘密として、店も黙認している格好だ。

おそらく、蘭と詩織も、一対一で客をとるときは金次第で本番をしている。だが、それはあくまで公然の秘密なので、朋輩が一緒にいるのに本番を受けるのは気まずいのだろう。ふたりは視線を泳がせるばかりで、なかなか口を開こうとしない。

「わかった。じゃあ、あと一万円ずつ追加料金を払おう。クンニだけでいい。本番はなくてかまわない。どうかな？」

一万円というのは、本番をする場合の追加料金の相場である。

蘭と詩織は眼を見合わせた。

「わたしは……いいですけど……」

「わたしも……一万円もらえるなら……」

「よし」

善治郎はうなずき、ベッドから降りた。財布から金を出し、一万円札をそれぞれに渡す。

「クンニの前に、パウダーとローションをシャワーで流してくるから、ちょっと待っててくれたまえ」

まだ気まずげな顔をしているふたりを残し、善治郎は意気揚々《ようよう》とバスルームに向かっていった。

けっこうな散財になってしまった……。

熱いシャワーで体を流しながら、善治郎は苦笑した。

クンニだけで一万円ずつは、少々見栄を張りすぎただろうか……。

しかし、多少の散財には眼をつぶって楽しまないと、遊んだことにはならないだろう。尻込みしていても、後悔が残るだけだ。見栄を張るのが嫌ならば、女遊びなどしなければいいのである。

妄想を現実にする絶好の機会だった。

もう若くはないし、精力絶倫でもないけれど、若い蘭と熟れた詩織、ふたりを舐めくらべられるなんて、夢のような話である。

会話がはずまなくても、善治郎はふたりのことが気に入っていた。ひとりずつでは面白くなかったかもしれないが、ふたりの組み合わせがひどくそそる。

ならば、やってみるべきなのである。

たとえもう一度、同じ店で3Pコースに入ったとしても、この組み合わせが再現できる保証はどこにもないのだ。風俗嬢は流動性が激しいから、一期《いちご》一会《いちえ》を楽しめなくては、立派な遊び人にはなれない。

立派な遊び人……。

べつにそれを目指しているわけではないし、目指したところでなれるとも思えないが、どうせ遊ぶなら、粋《いき》に遊びたい。見栄を張っての散財も、かえっていい思い出になるかもしれない。

なかなか落ちないローションをなんとか落とし、そそくさと体を拭いてバスルームの扉を開けた。

思いがけないサプライズが待っていた。

バスルームの前で、蘭と詩織が待っていてくれたのだ。全裸のまま、善治郎に身を寄せ、口づけをねだってきた。

「うんんっ……うんんっ……」

ふたりの女の肩を抱き、代わるがわるキスをしながら、善治郎は内心で気圧されていた。

蘭も詩織も、先ほどまでとはすっかり雰囲気が変わっていた。スイッチが入ったように、唇だけではなく、顔中の至るところに熱烈なキスの雨を降らしてきたのである。

「うんんっ……うんんっ……」

唇を重ねれば、どちらの女もいきなり口を開いて舌をからめてきた。親愛の情を示す口づけではなく、あきらかに前戯としての濃厚な口吸いだった。舌を離せば、唾液が糸を引いた。

左右から挟まれる格好だったので、善治郎はキスをしながら、ふたりの乳房を揉みはじめた。蘭のふくらみには若々しい弾力があり、詩織の乳房は小ぶりながらも女らしさに満ちていた。右手と左手で、形も質感も違う乳房を揉んでいると、一瞬、我を忘れてしまいそうになった。

まみれる、と思った。

自分はいま、女にまみれようとしている……。

5

三人で、もつれあうようにしてベッドに向かった。

先ほどまでは、女ふたりに身をまかせていたが、ここから先は自分がリードしなければならない。善治郎はすっかり奮い立っていた。

ふたりを四つん這いにして、こちらに尻を突きださせた。

垂涎の光景が目の前に現われた。

たわわな乳房をもつ蘭は、尻も充分にボリューミーで、動いてもいないのに、プリプリと音が聞こえてきそうだった。

詩織はと言えば、乳房の大きさは控え目ながら、尻の張りつめ方はさにあらず、蘭にも負けないほど丸々として、熟女の貫禄を見せつけてきた。

右に蘭、左に詩織。

どちらを先に愛でようか、目移りしてしようがない。

「なんだか、恥ずかしい……」

詩織が振り返ってささやく。

「そんなにまじまじと見られると……早く触ってください……」

「いいじゃないか」

善治郎はまぶしげに眼を細め、口許に笑みをもらした。

「こんな眼福、二度と味わえないかもしれないからな……そうだ。ふたりともこっちを向いて、尻を振ってくれないか？」

「もう……エッチ」

詩織が眼の下を赤くしながら豊満な尻を振り、蘭もそれに倣う。浮世絵時代から女をいちばん美しく見せるポーズとして知られている「見返り美人」だが、四つん這いで尻を突きださせていると、エロティシズムは倍増する。水のしたたるような色香がある。

性器を突きだしているのだから当たり前のような気もするが、尻の桃割れの間は陰になっていてよく見えない。想像していたより露骨ではなく、女体を彩る美しいカーブのほうが、性器そのものより眼を惹くくらいだ。

善治郎は息を呑みながら、右の蘭に近づいていった。丸々とした尻のカーブを撫でまわし、頬ずりする。スイカとかメロンとかに似た、どことなくさわやかな匂いが漂ってくる。

一方の詩織の匂いは甘い。同じ果実でも、桃やマンゴー、それも、完熟した甘ったるい匂いだ。

ふたつの尻に代わるがわる頬ずりしては、匂いを嗅いだ。手のひらで尻の丸みを吸いとるように撫でまわし、太腿にも愛撫の手を伸ばしていく。ふたつの女体の揉み心地の違いが、善治郎の手のひらを熱くする。

するとそのうち、新たな匂いに鼻腔をくすぐられた。

女の匂いである。女体が発情したときに、どうしようもなく漂ってしまう獣じみた匂いが、まだうっすらとではあるが、たしかに漂ってきた。

「ああんっ！」

匂いの源泉を求めて桃割れをぐいっと割りひろげると、蘭が声をあげた。左右の尻丘をつかんでひろげてしまえば、もはや陰にはならない。セピア色のアヌスから、アーモンドピンクの花びらまでがあられもなく剝きだしになり、獣じみた匂いも、妖しい熱気を孕《はら》んでむんむんと迫ってくる。

同じやり方で、詩織の秘所ものぞきこんだ。熟女の花びらはやや黒ずんで、匂いも蘭よりずっと濃厚だった。こちらのほうが好みだと、善治郎は思った。鼻から目いっぱい息を吸いこめば、完熟の匂いにうっとりしてしまう。犬のようにくんくんと鼻を鳴らして、堪能せずにはいられない。

「やだ、もうっ……ダメですよ……そんなに匂いばっかり嗅がないで……」

詩織が恥ずかしげに身をよじる。たしかに、性感ヘルスの出張を頼んで、女性器の匂いばかり嗅いでいる客は珍しいに違いない。それも、若い女と嗅ぎくらべられている。彼女の羞じらいは偽物ではない。

「よし、それじゃあ、あお向けになってもらおう」

善治郎が言うと、蘭と詩織はのろのろと体勢を変えた。

「ほら、ちゃんと脚を開いて」

ふたりの両脚を大胆なM字に割りひろげてやると、

「ああっ……」

「いやっ……」

蘭と詩織は、眼の下を艶めかしい朱色に染めて羞じらった。これもおそらく、一対一であったなら、ここまで羞じらわなかったはずだ。百戦錬磨の風俗嬢でも、他の女と比べられるのは恥ずかしいのだ。

もちろん……。

女が羞じらえば、男は燃える。普段は風俗嬢相手に羞じらいなど期待していない善治郎だが、こういう状況になってみれば、もっと羞じらわせてやりたくなる。

蘭と詩織は好対照の女だった。

ふたり並べて脚をひろげさせると、恥毛の濃淡がひときわ眼を惹く。

春の若草のように薄い蘭と、黒々とした逆三角形に茂った詩織。

どちらも魅惑的だが、すっきりした和風の美貌に似合わないほど剛毛という意味で、詩織のほうがよりそそった。自然と視線が吸い寄せられ、密林の奥をのぞいてみたい欲望に駆られる。

「……んんっ！」

剛毛を指ですいてやると、詩織は眼をつぶって身構えた。善治郎は彼女の両脚の間に顔を近づけ、まじまじと彼女の花をむさぼり眺めた。剛毛とはいえ、縮れが少なく艶があり、毛並みは最高だった。それに指でよけながら、覆い隠されている彼女の花と対面する。黒ずんだ花びらのまわりにびっしりと繊毛が茂っている様子が、いやらしすぎて息もできない。

「くぅうっ！」

花びらの合わせ目を舐めあげてやると、詩織の腰が小さく跳ねた。敏感な反応だった。善治郎は彼女の両腿をつかみ、さらに大胆に股間を突きださせながら、ねちっこく舌を使いはじめた。

まずは舌先を尖らせて、花びらの合わせ目を下から上に舐めあげていく。ねろり、ねろり、と刺激してやれば、合わせ目がほつれて薄桃色の粘膜が恥ずかしげに顔をのぞかせる。

そこにも舌を這わせながら、左右の花びらを交互に口に含んでしゃぶってやると、詩織は激しく身をよじった。

「くぅうっ……くっ、くぅうう一っ」

声をこらえているのは、隣に年下の朋輩がいるからだろう。一対一なら、彼女はすでに淫らな悲鳴を撒き散らしているはずだ。そういう手応えがあった。身のよじり方も激しければ、濡れ方もすごい。みるみるうちに薄桃色の粘膜は潤み、舌を動かすと猫がミルクを舐めるような音がたつようになった。

素晴らしい展開だった。

感じているが、隣が気になって感じているのをこらえる——それはまさしく、先ほど善治郎が妄想していた状況であり、舌使いに熱をこめないわけにはいかなかった。

「あああっ……んぐぐっ！」

舌先が合わせ目の上端にある肉芽に到達すると、詩織はさすがに甲高《かんだか》い声をあげた。すぐに、両手で口を押さえてそれをこらえた。ますます望むところだった。善治郎は尖らせた舌先でねちっこく肉芽を舐め転がしながら、薄桃色の粘膜をいじりはじめた。ヌプヌプと浅瀬に指先を差しこんでは、花びらごといじりまわしてぴちゃぴちゃと音をたててやる。

「ああっ、いやっ……あああああーっ！」

詩織はついに、あえぎ声を我慢できなくなった。ハアハアと息をはずませながら、ガクガクと腰を震わせ、どこまでも顔を紅潮させていく。さすがに、下の毛が剛毛な女だった。愛撫をしてやれば、スケベさを隠しきれない。手放しでよがりはじめるまで、もう一歩である。

善治郎は右手の中指を蜜壺にずっぽりと埋めていった。中で指を鉤《かぎ》状に折り曲げ、肉洞の上壁にある窪みを探した。

「はっ、はぁあううーっ！」

鉤状に折り曲げた指を抜き差ししながら肉芽を舐め転がしてやると、詩織は獣じみた悲鳴をあげた。善治郎がとらえているのは、どちらも女の急所だった。ヴィーナスの丘を挟んで、内側からと外側から――二点同時攻撃は、女にはたまらないらしい。

「ダッ、ダメッ……ダメですっ……そんなにしたらダメえええええーっ！」

ぎゅうっと蜜壺が指を食い締めてきた。詩織は真っ赤に染まった顔できりきりと眉根を寄せ、半開きの赤い唇をわななかせている。元が美人なだけに、いやらしすぎる表情である。

「見てごらん、蘭ちゃん」

善治郎は鼻息を荒らげて言った。

「詩織ちゃんが、もうすぐイキそうだよ、イクときの顔を見てあげて」

「いやっ！　いやっ！」

詩織が髪を振り乱して首を振ったが、

「見るんだっ！」

善治郎が声を張ると、蘭ははじかれたように上体を起こし、詩織の顔をのぞきこんだ。

「そら、蘭ちゃんが見てるぞ」

「みっ、見ないでえええっ……」

「しっかり見られてるよ。自分も眼を開けて、蘭ちゃんを見なさい」

「いやっ！　いやっ！」

「見ないならやめるよ」

蜜壺を掻き混ぜていた指を少し抜くと、

「ああぁっ……やっ、やめないでえぇっ……」

詩織は焦った声をあげ、まぶたをもちあげた。いやらしいくらい、ねっとりと潤んだ瞳で蘭を見上げた。視線が合うと、紅潮しきった顔がくしゃくしゃに歪んでいった。

恥辱が伝わってきた。年下の朋輩によがり顔をまじまじと見られ、詩織はいまにも泣きだしそうだった。しかし、それ以上に欲情していた。ぬんちゃっ、ぬんちゃっ、と指を抜き差しするリズムに合わせて腰をくねらせ、しとどに蜜を漏らしていた。

「……イッ、イクッ！」

ビクンッ、と腰が跳ねあがった。

「イクイクイクッ……はぁあああーっ！　はぁあああああーっ！」

それは激しい絶頂だった。ジタバタと暴れながらあられもなくゆき果てていく詩織の姿に、善治郎は見とれた。詩織は女に生まれてきた悦びをきっちりと嚙みしめていた。恥辱にまみれながらも、彼女の中にある貪欲《どんよく》さが、それを逃すことを拒んでいた。

善治郎の体も、興奮で小刻みに震えだした。

素人であろうが風俗嬢であろうが、女をここまで激しい絶頂に導くことができたのは、もしかすると初めてかもしれない。

6

しばらくの間、詩織は放心状態に陥っていた。

ハアハアと息だけをはずませ、ぼんやり開けた眼は焦点を結んでいない。蘭がすぐ側にいるというのに、両脚をVの字に放りだしたまま、閉じることさえできないでいる。

どうしたものか、と善治郎は考えを巡らせた。

妄想では、この状態になった詩織を放置し、蘭を正常位で可愛がってやった。もちろん、現実には本番はなしの約束だ。

しかし、結合はしなくても、甘い愛撫をすることはできる。詩織にしたように強引にイカせるのではなく、口づけをしながら全身をやさしく愛撫してやれば、詩織はジェラシーに駆られるかもしれない。

しかし……。

それよりも、さらに刺激的なやり方を思いついてしまった。

一瞬のことだったが、正気を取り戻しかけた詩織が、蘭に恨みがましい眼を向けたのを、善治郎は見逃さなかった。

詩織の受けた恥辱は、善治郎が思っていたよりもずっと深かったようだ。蘭の態度に納得していない。いくら客に命じられたとはいえ、あえぎ顔やイキ顔に無遠慮な視線を向けられ、憤っているようだ。

ならば……。

その気持ちを利用してやればいいではないか。

「興奮したかい？」

善治郎は蘭に身を寄せていった。ベッドに座っている彼女を後ろから抱きしめる体勢になって、双乳を裾野からすくいあげた。サイズが大きいから、揉み甲斐があった。むぎゅむぎゅと指を食いこませると、

「んんんっ……」

蘭は鼻奥で軽く悶えた。艶めかしい悶え声だった。彼女は彼女で、詩織のイキ顔を見て火がついてしまったのだろう。浅ましい表情を披露して絶頂に達した詩織が、自分と重なったに違いない。次は自分の番なのだと……。

それは間違っていない。

間違っていないのだが……。

「あああっ……」

蘭が恥辱に歪んだ声をもらす。善治郎が、彼女の両脚を大きくひろげたからだった。それも、詩織に向けてだった。善治郎は彼女の背中に張りついたまま、少女に小水をうながすような格好に押さえこんだ。

「詩織ちゃん……」

善治郎は、まだベッドに横になっている熟女に声をかけた。

「見えるかい？」

右手を蘭の股間に伸ばし、人差し指と中指を割れ目の両脇にあてがった。ぐっと指を開けば、薄桃色の粘膜が露出する。

「ああっ、いや……」

恥ずかしい部分を剝きだしにされ、蘭がいやいやと身をよじる。

だが逆に、詩織は身を乗りだしてきた。先ほどのお返しとばかりに、きりきりと眼を凝《こ》らして蘭の秘所を凝視した。熱い視線が女の花を這いまわり、蘭はたまらず顔をそむけた。

「ちょっと手伝ってもらってもいいかい？」

善治郎は詩織に向けて言った。

「キミは充分に気をやったから、今度は蘭ちゃんがイク番だ。大事なところをいじって、イカせてやってくれよ」

「そっ、そんなっ……」

蘭があわてて振り返る。いまにも泣きだしそうな顔で、やめてほしいと訴えてくる。

「いいじゃないか？　なっ、詩織ちゃん。自分ばっかり、イキ顔を見られて恥ずかしかっただろう？　蘭ちゃんもイカせてあげようよ」

「お客さまが……そうおっしゃるなら……」

詩織は遠慮がちに答えたが、その眼には復讐の炎が燃えていた。この小娘にも赤っ恥をかかせてやらなければ気がすまない――そんな心の声が聞こえてきそうだった。

「あぁっ、やめてっ……詩織さん、許してっ……」

蘭がいやいやと首を振る。脚を閉じようとしたが、もちろん善治郎は許さなかった。逆に両手に力をこめ、弓を引くように蘭の両脚をひろげていく。

「あああっ！」

「わたしはやりたくないのよ……お客さまのリクエストだから、しかたないのよ……」

「あぁっ、やめてっ……やめてくださいっ……」

表情や言葉遣いから、ふたりの人間関係が透けて見えるようだった。本当に、新人ＯＬとお局さまのような関係なのかもしれない。若さがもてはやされる風俗の世界であれば、ＯＬ以上に若い女とベテラン熟女の確執があってもおかしくない。口には出さなくても、嫉妬や劣等感があってしかるべきで、にもかかわず、先に恥をかかされたのは詩織だった。お局さまの胸中は、いったい……。

「あああっ！」

詩織の指が、蘭の花をとらえた。蘭の恥毛は薄いので、善治郎の位置からもよく見えた。親指と人差し指を使い、輪ゴムをひろげるように女の割れ目をくつろげた。閉じては開き、開いては閉じ、嬲《なぶ》るように愛撫を始める。

「ああっ、やめてっ……やめてくださいいいっ……」

身をよじる蘭をなだめるように、善治郎は後ろから口づけを求めていく。あわあわしている蘭の口をキスで塞ぎ、ヌルリと舌を差しこんでいく。

「んんんーっ！」

したたかに舌をからめあわせてやると、薄眼を開けた蘭の瞳が遠くを見た。諦観を浮かべたせつなげな表情が、たまらなくそそった。

もちろん、諦観を浮かべたところで、淫らな刺激をやり過ごすことはできない。

詩織が動く。割れ目を閉じたり開いたりしていた指が、今度は肉芽の包皮を剝いては被せ、被せては剝く。

「んんっ……んんんっ……んんんんーっ！」

詩織の指のリズムに合わせて、蘭が鼻奥で悶え泣く。眼の下がにわかに生々しい朱色に染まっていき、可愛らしい顔に似合わない濃密な色香が漂ってくる。

「やらしー、もう濡れてきたよ」

詩織が粘膜の蜜をすくい、ねっちょりと糸を引かせた。羞じらい悶える蘭の表情とは対照的に、詩織の眼は妖しく輝いている。もしかすると、彼女には嗜虐《しぎゃく》的な性癖があるのかもしれない。

「ほーら、気持ちいいんでしょう？　こんなにヌルヌル」

言いながら、両手を使って蘭の花をいじる。右手であふれた蜜を全体にひろげつつ、左手では相変わらず、肉芽の包皮を剝いたり被せたりしている。

「ああっ、いやっ……あああっ……」

蘭は口づけをしていられなくなり、ハアハアと息をはずませた。彼女もまた、おとなしそうな顔をして、性感は充分に発達しているらしい。あるいは、詩織の指使いが練達なのかもしれないが……。

「あううっ！」

詩織の指がついに肉芽を撫で転がしはじめると、したたかにのけぞって声をあげた。いやいやと身をよじる動きが、いつしか淫らにくねりだす。詩織の愛撫に合わせて、グラマーな若いボディを躍動させる。

もう押さえていなくても大丈夫だろうと判断し、善治郎は蘭の両脚から手を離した。その手を双乳に伸ばしていき、裾野からふくらみをすくいあげる。たわわに実った肉房を、ねちっこく揉みしだく。乳首をつまんでいじってやれば、蘭はふたりがかりの愛撫にすっかり翻弄されていく。

「ああっ、いやっ……いいっ！　いいいいいーっ！」

善治郎は無心で蘭の乳房を揉みしだき、ツンと尖った乳首をもてあそんだ。不思議な感覚だった。詩織にクンニをしているときから、痛いくらいに勃起していた。それはいま蘭の背中にあたっていて、彼女が身をくねらせるたびに、痛烈な快感が訪れる。

だが、射精がしたいとは思わない。

今日はもう出さなくていい——そう決めたら決めたで、この状況を充分に楽しめるのだった。あらゆる意味で、若いときには考えもしないことだった。

とにかく心地がいい。

ふわふわした雲の上で裸の女たちと戯れているような、この時間がいつまでも続いてほしい。

「指が欲しいんでしょ？　入れてあげるよ。ほーら」

「はぁうううーっ！」

詩織が蜜壺に指を入れ、粘っこい音をたてて中を掻き混ぜる。

蘭の体は熱くなっていくばかりで、そろそろ絶頂に達しそうだった。火照った素肌が汗ばみはじめ、甘ったるい匂いが漂ってくる。発情の汗だった。女がセックスのときに流す汗が、スポーツで流す汗とまったく違う匂いを放つことを、善治郎はこの年になって初めて知った。

ああっ……。

忘我の境地でたわわな乳房を揉みしだき、尖った乳首をいじりまわすほどに、陶然としてくる。なんだか、ヨーガの行者が瞑想の果てに辿りつくという、サマーディの状態にあるようだった。サマーディとは日本語に訳せば三昧《さんまい》、言ってみれば女体三昧《ざんまい》である。

「ねえ、イキそうなの？」

「いっ、言わないでっ！」

「イキそうなんでしょ？　オマンコ締まってきてるよ？」

詩織の卑猥な言葉責めも、遠くに聞こえた。たしかに、蘭はもうすぐイキそうだった。思いきりイケばいい。と思うと同時に、なるべく我慢してほしいと胸底で祈る。善治郎はこの時間を一秒でも長く味わっていたいのだ。女体にまみれて頭の中が真っ白になるこの境地こそ、この世の天国なのだから……。

「はっ、はぁあああああーっ！」

蘭がひときわ甲高い悲鳴をあげた。

「ダッ、ダメッ……もうダメッ……イッ、イッちゃうっ……わたし、イッちゃいますうううーっ！」

ビクンッ、ビクンッ、と腰を跳ねあげて、蘭が絶頂に駆けあがっていく。彼女の顔は、善治郎のすぐ側にあった。可愛い顔を淫ら色に紅潮させ、小鼻と耳をひときわ赤く染め抜いていた。あわあわと唇をわななかせる蘭からは、発情しきった牝の匂いがした。同性の指でイカされる恥辱を振りきって、体中をいやらしいくらい痙攣させていた。

　射精はしなくても、充分に満足感があった。

　善治郎は、蘭の痙攣がおさまるまで、しつこく乳房を揉みしだいていた。おさまってからもなかなか手を離すことができず、放心状態に陥った彼女を抱きしめ、しばらくの間、一緒に横になっていた。

第三章　あじさいの女《ひと》

1

数日前、関東地方は梅雨に入った。

傘を差さずに雨に濡れ、風邪をひくのは恐怖だが、善治郎は雨の季節が嫌いではなかった。もちろん、長雨が続けば人並みに鬱陶しいと思うし、豆腐づくりには神経を遣う。しかし、梅雨にしっかり雨が降らないと、梅雨明けがすがすがしくない。夏がぼんやりしてしまう気がするのだ。人生と同じで、季節は移り変わるから楽しい。雨の日もあれば、晴れの日もあり、やまない雨はない。

そんな大げさなことでなくても、善治郎には梅雨の季節にちょっとした楽しみがあるのだった。

足腰の健康を保つため、日課にしているウォーキング。そのコースである隅田公園は、八代将軍・徳川吉宗が植えたことに端を発する桜並木が有名だが、あじさいの花がもうひとつの名物なのである。隅田川沿いに二キロにわたって、アジサイロードという遊歩道になっている。

春には桜、夏は花火で、梅雨はあじさい。

あじさいの花は墨堤《ぼくてい》によく似合う。春のうららに一杯飲《や》りながら桜を見上げるのも楽しいけれど、雨に濡れたあじさいを愛でるのも、まことにしみじみした気分にさせられるものだ。

それゆえ、雨の日はコースを短縮して、あじさい見物に精を出すことにしている。ウォーキングなら雨合羽を着てするべきだが、傘を差して隅田公園を目指す。もはやほとんど散歩だが、無闇に足腰を鍛えるより、楽しく歩いたほうが心の健康にもいいに違いない。

その日も、仕事が一段落した午後二時ごろ、店を出て墨堤に向かった。

雨脚が強かったので、玄関を出たとき、今日はやめにしようかと思った。ただ、日課をさぼると落ち着かなくなる性分なので、いつもより大きめの傘を差していくことにした。

吾妻橋から、雨に煙る浅草の街が見えた。雨にもかかわらず、アーケードのある道は人でごった返していた。

今日は土曜日だった。明日になれば、自分もあの中に混じることになる。明日も雨だろうか。雨に似合う酒はなんだろう。外を眺めながら煮込み通りで生ビールもいいし、蕎麦屋でにごり酒もいい。ちょっと豪華に、鮨屋で生酒という手もある。そんなことを考えながら、右に折れて隅田公園に入る。

雨脚は強くなっていく一方で、傘を叩く雨音がにぎやかだった。隅田公園を散歩している人はほとんどいなかった。いくらあじさいに雨が似合っても、さすがに降りすぎである。五分と歩かないうちに、ズボンの裾がびしょびしょになってしまったので、善治郎は引き返したくなってきた。

だが、そのとき……。

あじさいの花壇の前で、女がひとりたたずんでいるのが眼にとまった。あじさいを見物しているようだったが、傘を差していなかった。

驚いてよく見てみると、三十歳前後の美女だった。青紫色のワンピースがすっかり濡れ、長い黒髪や白い横顔もまた濡れていた。哀しげな背中の風情《ふぜい》に、暗い色気を感じてしまった。

「風邪をひきますよ」

善治郎は傘を差しだしてやった。自分で自分に驚いていた。こういう状況で、さりげなく女に声をかける——自分はそんな男だったろうか。声をかけずにいられない雰囲気が、女にあったのだろうか。

「……すいません」

女の声は、か細く震えていた。

「でも、いいんです。わたしが風邪をひいたって、心配してくれる人は誰もいないし……」

「そういうことを言うもんじゃない。相合い傘で恐縮だが、駅まで送りましょう」

女が動こうとしないので、善治郎は胸底で溜息をついた。しかし、いったん声をかけてしまった以上、早々に見捨ててしまうのも気が引ける。

「あじさいが好きなんですか？」

訊ねてみると、

「ええ……」

ほんの少しだけ、女は微笑んだ。

「昔から、好きでした。雨の中で綺麗に咲くっていうのが、いいですよね」

「あなたも綺麗ですよ」

お世辞ではなかった。青紫色のワンピースと相俟《あいま》って、なんだかあじさいの化身のようだ。

「でも、人間は花じゃない。雨に濡れると風邪をひく」

女は言葉を返さなかった。もちろん、動こうともしない。

善治郎はいささかムキになってきた。

「そうですか、断固として人の厚意を袖《そで》にしますか。私はこれから、すぐそこの洋食屋でビーフシチューを食べるつもりなんですがね。よろしかったら一緒にどうです？　洒落た雰囲気の、昔ながらの洋食屋ですよ。何日もぐつぐつ煮込まれた牛肉が、柔らかくて絶品なんです。それで少し体を温めたらどうです？　ちなみに、赤ワインとの相性も抜群にいい」

もちろん、善治郎に外食の予定はなかった。週に一度の昼酒の日以外、食事はすべて自炊している。帰ったら、佃煮で茶漬けでも食べようと思っていたのだが、ビーフシチューの誘惑に女は乗ってきた。

2

コンビニでタオルと傘を買ってから、洋食屋に向かった。

女は美沙子と名乗った。眼鼻立ちのくっきりした華やかな美女だったが、中身は相当に変わっていた。

善治郎はたしかに、ビーフシチューと赤ワインの相性は抜群だと言った。しかし、こちらには帰ってから仕事がある。明日の仕込みもあれば、つくった豆腐を売らねばならない。ワ

インまで飲むわけにはいかないと笑顔で言うと、

「えっ？　わたしは飲んでもいいですよね？」

美沙子は無邪気に手をあげてボーイを呼び、赤ワインを注文したのである。グラスではなく、フルボトルで……。

まあ、いい。

ビーフシチューが運ばれてくると、すさまじい勢いでスプーンを使い、パンをちぎっては口に放りこみ、煮込み通りの店先で生ビールを飲むような勢いで赤ワインを胃に流しこんでいった。

それもいい。

体が冷えていたのだろうし、腹だって減っていたのだろう。

そんなことより、善治郎は好物のビーフシチューの味がぼんやりしてしまうくらい、気になることがあった。美沙子のことではなく、自分のことである。

昔から職人気質《かたぎ》の無愛想で、女房以外の女と親しく話した記憶はほとんどない。ましてや、見知らぬ女に声をかけ、こうして向きあって食事をしているなんて、想像すらしたことがないことだった。

人間、変われば変わるものなのだ。

六十代半ばになっても、こういうことがあるからあなどれない。

もちろん、彼女に声をかけたくなる雰囲気があったことは否めないが、それだけが理由ではない。

女遊びをするようになったことと、無関係とは思えない。

いままでは、女という生き物がはっきりと苦手だった。話が長いし、理屈は通じないし、口喧嘩をしても防戦一方だから、なるべく関わらないようにしていた。それが、遊びはじめて一年が過ぎ、苦手意識が払拭《ふっしょく》されたようだった。女という性そのものに、愛おしさを覚えるようになった。

「あのう……」

食事をすっかり平らげた美沙子が、上眼遣いで見つめてきた。

「わたしって、そんなにいい女ですか？」

「はっ？」

善治郎は棒を呑みこんだような顔になった。

「雨の中、声をかけてくれて。こんなにおいしいビーフシチューをご馳走したくなるなんて、やっぱり相当いい女ですよね？」

やっぱり女は苦手だ、と胸底でつぶやいた。なにを考えているのか、さっぱりわからない。

「いや、まあ……放っておけなかったんだから、そうじゃないかねえ」

曖昧《あいまい》に笑い、ビーフシチューを口に運んだ。さっさと食べて、さっさと退散したほうがよさそうだった。

「聞いてもらえますか？」

美沙子は空《から》になった皿をどけ、テーブルに身を乗りだした。

「どうして雨の中で傘も差さずに、あじさいなんか見ていたんだと思います？」

「あじさいが好きなんじゃないの？」

「でも、おかしいでしょ？　いくら好きでも、土砂降りの雨に打たれながら見てるなんて……」

「そう言われれば、そうだねえ……」

「死にたい気分だったんです」

「ハハハッ、大げさな」

「大げさじゃなくて、もう死んだほうがましなのかもって……わたし、吉原のソープに面接に来たんですけど……」

善治郎は息を呑み、スプーンを置いた。聞き捨てならない話だった。

「履歴書まで書いていそいそやってきたわけですけど、どうしても……勇気が出なくて

「……」

「どうしてソープで働こうと思ったの？」

「お金ですよ。他に理由なんてあるわけないじゃないですか」

美沙子は悔しげに唇を震わせた。

「もし……もしも自分のせいで借金をつくったとかだったら、諦めもついたと思うんです。でも、そうじゃないから……ダンナが働かないせいで、こんなことになっちゃったから……」

美沙子によれば、おおよそ以下のような事情があるようだった。

いまから三年前、美沙子は二十代で結婚するという夢を叶えるため、結婚相談所で男を紹介してもらった。紆余曲折の末、無事にゴールインしたはいいが、結婚するなりその男が勤めていた一流企業を辞めてしまったのが、ケチのつきはじめ。

美沙子も寿退社した後だったたし、蓄えもなかったので、夫婦はふたり揃ってアルバイトを始めたのだが、元一流企業勤務の夫はプライドが高く、どこに行っても長続きしない。しかたなく美沙子はアルバイトをいくつも掛けもちし、昼夜問わず頑張って働いていたもののの、ある日、過労で倒れてしまった。入院先で点滴を打たれながら、けれども美沙子は、これがいいきっかけになればいいと思った。妻が過労で倒れれば、さすがの夫も眼を覚まし、まともな就職先を探してくれるだろうと……。

しかし、すっかり怠け癖がついてしまった夫の腰は重く、それどころか美沙子に夜の仕事を勧める始末。友人知人のコネを頼り、銀座の高級クラブに面接の約束をとりつけてきた。

美沙子は啞然としながらも、半ば自棄《やけ》になって夜の仕事をすることにした。アルバイトをいくつも掛けもちするのはもう嫌だったし、酒も嫌いなほうではなかった。なにより、実は昔から銀座のホステスに憧れがあったのだ。綺麗なドレスを着て、各界のエグゼクティブと酒を酌み交わす夜の蝶に……。

ところが、入店したのが若い女の子ばかりのキャバクラのようなところで、三十歳を過ぎていた美沙子は浮きまくり、彼女たちに顎で使われた。

水商売はどうやら性格の悪い女のほうが向いているところらしく、毎日いじめに遭っているようなものだった。たまらずもう少し大人っぽい店に移ると、今度は指名のノルマが異常にきつく、毎日胃が痛い思いをする羽目になった。

それでも辞められなかったのは、生活のために店に借金をしていたからで、指名のとれない美沙子は、それが雪だるま式にふくれあがっていった。

「気がつけば、借金二百万。店のほうも、あんたにはもうなにも期待できないから、耳を揃えて返せって言われました。もちろん、返せるわけないじゃないですか。そうしたら……」

美沙子がうなだれ、善治郎はふうっと深い溜息をついた。

「ソープへ行けって言われたわけか？」

「まあ、そういうことです」

「嫌ならやめたほうがいいんじゃないか？　自暴自棄になってる人間に務まるほど、ソープは甘い世界じゃないよ」

間があった。

「……もしかして、そっちの業界の人ですか？」

美沙子に上眼遣いで見つめられ、

「いやいや……」

善治郎はあわてて首を横に振った。とはいえ、ソープ嬢や風俗嬢は、もはや他人とは思えない存在である。なにしろ、週に一度は遊ばせてもらっているわけだから……。

その善治郎から見ても、金のためにいやいや働くようなタイプでは、とても務まらないだろうと思った。

なんでも、昔はそういう女ばかりだったらしい。話好きの従業員に聞いたところでは、バブルの前までは、かならず女にヒモがついていたという。ヒモに頼まれたか脅されたかして、ソープ嬢はいやいや体を売っていたのだ。

　それがいまでは、インターネットの募集広告を見て、女が自分でやってくるような時代になった。きっかけは援助交際ブームらしい。自分の体が高値で売れることを知った女たちは、ブランド品や海外旅行のため、みずから志願して体を売るようになったという。

　さらには、昨今の不況である。必死に働いてもカツカツの生活を強いられるくらいなら、いっそ体を売って豊かに暮らそうと考える女は多いらしく、競争率があがった。そうなれば、容姿が悪かったり、接客態度がなっていなかったり、そもそもやる気がない女は、簡単にふるいにかけられる。

　一説によれば、昔は十万円の超高級ソープにしかいなかったような極上のタマが、いまでは三万円で遊べる大衆店にひしめいているという。善治郎もその意見には納得するしかなかった。写真に多少修整が加えられていたとしても、頭を抱えたくなるような不美人にはあたったことがない。

「やっぱり、やめたほうがいいですかね、ソープなんて……」

　美沙子が遠い眼をして言い、

「そう思うけど……」

　善治郎はうなずいた。

「でも、借りたお金は返さなくちゃいけないし……わたし、人生をやり直したいんです。ソープだったら、寮とかあるっていうじゃないですか。寮に入って、いまのダンナとはすっぱり縁を切りたい。そうしないと、わたしの人生、もうめちゃくちゃで取り返しがつかなくなる……あんな貧乏神に取り憑かれていたら、いくら働いたって吸いとられるばっかり……正直言うと、今日はトランクに荷物まとめて家を出てきてしまったんです……駅前のコインロッカーに預けてありますけど……」

深い溜息をもらす美沙子に、善治郎は同情を禁じ得なかった。男運の悪い女というのは、たしかにいる。男を見る目がなかったのだと言ってしまえばそれまでだが、彼女ほどの美人なら、他にいくらでも良縁があっただろうに……。

3

どうして俺が、こんな目に……。

タクシーの後部座席で揺られながら、善治郎は貧乏揺すりがとまらなかった。洋食屋で美沙子と長話を決めこんだせいで、もう午後三時に近かった。そろそろ店に戻らなくては、夕《ゆう》餉《げ》のおかずを買いにくる客が店にやってくる。つくった豆腐が売れ残ることほど悲しいことはないのに、タクシーが向かっている先は、自宅ではなく吉原なのである。

隣には、美沙子が緊張の面持ちで座っていた。善治郎は、彼女のソープの面接についていくことになってしまった。いったいどうしてこんなことになってしまったのか、いくら考えてもよくわからない。

食後のコーヒーを飲みながら、ソープ嬢という仕事は大変なものだと、善治郎は美沙子に滔々《とうとう》と話した。ほとんど説教のようなものだった。おかげで美沙子は、善治郎がソープに詳しい人間と決めつけ、知っている店があるなら紹介してほしいと言ってきた。

知っている店ならあった。善治郎にソープ遊びのイロハを教えてくれた、聡子が働いている『ブルータス』である。一時は毎週通っていたので、店長と気安く世間話をするような間柄になっていた。電話を入れると、近くにいるならいまから面接をしてもかまわないと言ってくれた。

そこまではよかった。

地図を描いて渡しても、美沙子は一緒についてきてほしいと言って譲らなかった。冗談ではなかった。知りあったばかりの彼女にそこまでする義理はないし、こちとら帰って豆腐を売らねばならないのだ。

「ね、お願いします。わたし、風俗未経験だから、怖くてひとりじゃ行けないの。行けるくらいなら、雨の中であじさいなんか見てないで、とっくに行ってましたよ。そう思いません？」

「そう言われてもねえ……」

善治郎は苦りきった顔をしたが、結局は美沙子に押し切られた。理由は簡単だ。彼女が酔っていたからである。ひとりでワインボトルを一本空けてしまったのだから、酔っていて当然だった。酔った人間はしつこかった。堂々巡りにうんざりさせられた。こんな押し問答を続けているくらいなら、さっさとソープに届けて、さっさと帰ったほうがマシだと思った。

タクシーが吉原に着いた。

「やあ、善さん」

店長の田中が店の前で待っていてくれた。五十がらみの白髪の男で、柔和な笑みと腰の低さが特徴だった。客に対してだけではなく、ソープ嬢や従業員に対してもそうだと聡子に聞いたことがある。

美沙子を紹介することにしたのは、そんな事情もあった。ソープランドでもいろいろなところがある。やくざが仕切るタコ部屋みたいなところもないとは言えないが、彼なら安心だった。

田中が店の中に通してくれた。善治郎も入ったことのない、受付の裏にある狭い事務所である。

「どうぞ、どうぞ」

古めかしいソファセットにうながされ、美沙子と並んで腰をおろした。これではまるで後見人かなにかだと、善治郎はバツの悪さにうつむいた。

「履歴書とか、あります？」

「あっ、はい……」

田中と美沙子が事務的なやりとりを始める。だいたい月にいくら稼げるだとか、日給の最低保証はいくらだとか、細々《こまごま》とした金銭の話だ。

聞きたくなかった。善治郎にとって、ここは心身を癒やす桃源郷なのだ。夢の場所の舞台裏を見ても、しらけてしまうだけではないか。まったく、余計なことに首を突っこんでしまったものである。

「二百万程度の借金、うちなら半年もかからないで返せると思いますよ。金銭的には夢のある世界ですからね。あなたくらいの器量があれば、売れっ子にだってなれるかもしれない。そうなれば、半年どころか二カ月で返せる」

美沙子は息を呑み、眼を輝かせた。

「頑張り甲斐が……ありますね……」

「明日からでも働けるのかな？」

「はい。寮さえ入れるなら」

「寮なら近くにあります。ウィークリーマンションですが」

「個室なら問題ありません。そこで頑張って借金返して、お金貯めたいです」

話はつつがなく進んでいるようだった。チラリと田中の顔を見ると、頬が赤くなっていた。興奮しているらしい。金の卵がやってきた、という心の声が聞こえてきそうだった。

頃合いである。

これはもはや相思相愛、放っておいてもうまくいくと判断した善治郎は、

「それじゃあ、私はこのへんで……」

ソファから腰をあげた。

「ここから先は、無関係な第三者の耳に入れたくない話もあるでしょう。お暇《いとま》させてもらいますよ」

「いやいや、ちょっと待って」

田中があわてた様子で立ちあがり、善治郎に腰をおろすようにうながしてきた。

「まだ、なにか？」

善治郎はピシャリと釘を刺してやった。

「言っときますが、妙な責任を負わされても困りますよ。私は彼女の後見人でもなんでもない。さっき会ったばかりなんですから」

「わかってますよ、そうじゃなくて……」

田中は気まずげに苦笑した。

「実は私、これから関西方面に出張にいかなければならないんですよ。夕方の新幹線で」

「ほう、それはお忙しい」

こっちだって夕方はかき入れ時なのだ、と善治郎は内心でつぶやいた。

「たぶん、三日は帰ってこられません」

「それがなにか？」

「寮のことなんかは従業員にまかせても平気なんですが……」

「用があるならはっきり言ってもらえませんか？　こう見えて忙しいんだよ、私だって」

「講習を頼まれてくれませんかね？」

「ええっ？」

「個室でのあれこれを、彼女に教えてあげてほしんです」

「なにを言いだすんだね？　そんなの従業員の仕事でしょう」

「残念ながら、うちの従業員は、キャリアが足りなくて……まだ講習をまかせるわけには

「……」

「こっちは素人ですよ。もっとまかせられないでしょ」

「いやいや、善さんなら大丈夫。聡子の指名客じゃないですか。彼女は年がいってるぶん、接客はしっかりしてますから」

「そんなこと言われてもねえ……」

善治郎は苦笑するしかなかった。

「お願いしますっ！」

隣の美沙子が突然手を握ってきたので、飛びあがりそうになった。

「これもなにかの縁だと思うんです。善さんに講習してもらえれば、わたしだって安心だし……」

「あんたまでなにを言いだすんだ？」

「だって、善さんが断った場合、店長が戻ってくるまで講習ができないってことでしょう？　つまり、働けないって……」

「そういうことになります」

田中が真顔でうなずいた。

「善さんが引き受けてくれれば、彼女は今日からでも仕事ができる。二百万の借金を、いくらかでも減らすことができるんです」

「お願いしますっ！　人助けだと思ってっ！」

美沙子がぎゅっと手を握り、息のかかる距離まで顔を近づけてくる。

「そう言われてもねえ……」

善治郎は困り果ててしまった。

「私だって協力したいのは山々だが、これから店に帰って豆腐を売らなきゃならないんだよ。もうそろそろ、夕餉のおかずをご近所さんたちが買いにくる。私が帰らなけりゃみんながっかりするし、なによりつくった豆腐がダメになってしまうから……」

「明日ならいいんですか？」

田中がニヤリと笑って言った。

「善さんいま、協力したいのは山々だって言いましたよね。だったら、明日の朝イチで講習してあげてください。それなら問題ないでしょう？　善さんのお店、日曜日が休みだから……」

「ううう っ……」

善治郎は苦虫を嚙みつぶしたような顔になった。余計なひと言を挟んだおかげで、断りきれなくなってしまった。

4

翌日の目覚めは最悪だった。

日曜日の朝だった。いつもなら、早く目覚めてもなかなか布団から出ず、休日気分を満喫する。それでも、午前六時には起きてしまうので、お茶を飲んでウォーキングに出かける。普段のウォーキングは仕事が一段落した午後からだから、早朝に歩くのは週に一度だけである。新鮮な空気を胸いっぱいに吸いこんで、いつもより遠出をしてみたりする。

帰ってきても食事はとらない。

昼酒のために腹をすかせたまま、掃除をしたり、洗濯をしたり、壊れた棚を修繕してみたりして、そわそわしながら時間を潰す。浅草の街で命の洗濯をすることを、あれこれ考えながら……。

ところがどうだ。

今日の目覚めは激しい雨音だった。バランバランとトタン屋根をやかましく鳴らす雨音に叩き起こされ、窓を開けると土砂降りだった。昨日にも増して雨脚が強く、風まであって、ウォーキングをする気にはとてもなれなかった。

べつにいい。

ウォーキングなんて一日くらい休んだところでいいのだが、善治郎は朝食のためにごはんを炊き、味噌汁をつくらなければならなかった。昼酒のために腹をすかせておくことなんてできなかった。今日は午前十時から、美沙子の講習をしなければならないのである。すきっ腹では力が出ず、気力も萎える。楽しい休日のスケジュールが、始まりからしっちゃかめっちゃかだ。

講習……。

善治郎は結局、それを引き受けることになった。おかげで、『ブルータス』が営業を開始する正午より二時間前に、吉原に行かなければならないのである。

「なあ、田中さん……」

昨日の別れ際、善治郎は田中だけを物陰に引っ張っていった。

「いつも通りにしてくれればいいなんて言われても、うまくいくかどうかわからないからね」

「大丈夫ですよ、善さんなら。普通に遊んでもらってかまいませんから。いつものようにプレイしながら、流れをレクチャーしてあげれば」

「遊ぶって言ったって……買いかぶってもらっちゃ困るよ。私をいくつだと思ってるんだ。

お恥ずかしい話、勃つかどうかだってあやしいものなんだから」

「あっ、勃つ必要はないんですよ。接客の流れを教えてあげればいいんです。はっきり言って、私だって勃ちませんから。勃つわけないですよ。講習なんて、うんざりするほどやってますからね」

「いや、でもね……」

「これ、少ないけど、謝礼です」

折りたたんだ一万円札を三枚、手の中に押しこまれた。

「講習でクサクサしたら、聡子に入り直してもいいし、他の店で口直ししてもいい。とにかくお願いしますよ。ここだけの話、けっこう上玉ですからね。大化けする可能性すら感じるんで、三日も待たせて逃がしたくないんです」

「いや、まあ、そうかもしれないけど……」

昨日のやりとりを思いだすと、善治郎は呆然とするばかりで、せっかく用意した朝食も、ろくに喉を通らなかった。

ソープランドの講習……。

それはある意味、銭湯の番台に座るのに似て、男の憧れのひとつかもしれない。たいていの男なら喜んで引き受けるだろうが、善治郎は憂鬱になっていくばかりだった。

相手が美沙子だからである。一癖も二癖もある彼女を相手に、たったの二時間でソープ嬢の心得をきっちり伝えることなんてできるのだろうか。

普通に遊んでもらってかまいませんから——田中はそう言っていたけれど、引き受けた以上、いい加減なことはできない。ソープ遊びのイロハをきっちりと伝え、美沙子が売れっ子になる手助けをしてやりたい。間違っても、ソープでなんて働きたくないと思われたくない。

それは本心なのだが……。

考えれば考えるほど、気まずかった。善治郎は昨日、ソープランドなんてやめたほうがいいと、美沙子に滔々と説教をしてしまったのだから……。


約束の午前十時五分前に、タクシーで吉原に到着した。

いつもはぶらぶら散歩しながら行くのだが、体力を温存しておきたかった。『ブルータス』の正面玄関はシャッターがおりていたので、裏口にまわって呼び鈴を押した。「どうも、どうも」と中年のボーイが迎えてくれる。

「新人さん、もうとっくに来て部屋で待ってますよ。二階のいちばん奥の部屋です」

「はあ、わかりました」

善治郎は力なく返し、二階へ続く狭い階段を昇っていった。

件の部屋をノックすると、

「はーい、どうぞー」

ひどく明るいきんきら声が返ってきた。扉を開けた。美沙子は鏡とにらめっこしていた。

「すごーい、時間通り。ありがとうございます。約束を守っていただいて」

ペコリと頭をさげた美沙子は、セクシーな黒いドレスに身を包んでいた。店にある衣装を借りたのだろう。露出度は高くなかったが、いかにも艶めかしい雰囲気である。

なるほど、彼女は銀座の高級クラブで働いていたのだ。ドレスの着こなしが優雅であっても不思議はない。性格はともかく、美人のうえ、スタイルも抜群だった。バストやヒップは充分に豊満で、そのくせ腰はきっちりくびれている。大きく入ったスリットから白い太腿がチラリとのぞいていて、油断すると悩殺されてしまいそうだ。

もちろん、悩殺されている場合ではない。

善治郎は、コホンとひとつ咳払いをした。

「客の迎え方がなってないな。そういう気さくな態度はやめたほうがいい。過度に明るく振る舞うこともない。この店では、折り目正しくお客さんを迎えるんだ。三つ指をついて」

「もう講習が始まってるんですか？」

「当たり前だ。そのために来たんだよ、私は」

「なんだかすっかりやる気満々ですね」

美沙子はクスクスと笑いながら、床に正座して三つ指をついた。

「いらっしゃいませ」

ごくり、と善治郎は生唾を呑みこんでしまった。美沙子が一瞬、真剣な面持ちを見せたからだった。講習ではなく、実際の仕事の場面を想像したのかもしれない。彼女が本来もっている暗い色気と、春をひさぐ女の哀愁が交錯し、なんとも言えない淫らな光線を放射した。

彼女はソープ嬢に向いているかもしれない——善治郎は直感で思い、そうであればなおさら、おざなりの講習をするわけにはいかなくなった。とにかく、馴れなれしくしないほうがいい。照れ笑いを浮かべながらやったところで、身になる指導なんてできやしない。

「それでいいです」

善治郎は静かに言うと、扉を閉めて部屋にあがった。美沙子はすかさず、スリッパの方向を直してくれた。なかなか気が利く。

「とりあえず、流れを説明しましょうか……」

善治郎は部屋を見渡しながら言葉を継いだ。

「まず、客が来る前に、浴槽の湯を溜めはじめること。だいたい溜まったところで、フロントに電話をして客を入れてもらうんです。客が来たら、いまみたいに挨拶して、服を脱がしていく。リラックスするために世間話をしてもいい。天気の話とか、当たり障りのない話題でね。それから、客の体を洗って、一緒に浴槽に入り、ベッドイン……だいたいそんな感じだけど、いいかな？」

「まあ、なんとなく」

美沙子はうなずいた。

「わたし、こう見えて真面目なんで、ネットでいろいろ調べてみたんです。ソープがどういうことをするところなのか、勉強してきましたから」

「偉いじゃないか」

善治郎は感心した。彼女にしても、借金返済と今後の生活がかかっているのだ。図々しいし、わからず屋だし、酒癖も悪いが、いい加減な気持ちでこの世界に足を踏み入れたわけではないらしい。

「ところで……」

美沙子が遠慮がちに訊ねてきた。

「いまの話にマットプレイは出てきませんでしたけど……ソープのメインイベントじゃない

んですか？」

「それはまあ、私のような素人が教えるのは無理だよ。後日専門の指導員が来てくれると言っていた。元ソープ嬢の女性が……」

「それまではマットなしで」

「新人だからまだできないって言えば、しばらくは大丈夫だろう」

「わかりました」

美沙子はうなずき、

「じゃあ、次は服を脱がせるんですね」

善治郎に身を寄せてきた。ジャケットを脱がせてハンガーに掛け、シャツのボタンをはずしていく。

善治郎は直立不動の体勢でいた。

さすがに緊張する。遊びにきたときのわくわくするような緊張感とは、まるで違った。

美沙子がソープ嬢ではないからである。

これからなるにしても、いまはまだ素人の人妻。

善治郎は、女遊びを始めて以来、プロでない女の前で裸になるのが初めてだったので、プレッシャーに胸が押しつぶされそうだった。

5

「最後にパンツを脱がすときは、先にバスタオルを腰に巻いてからのほうがいい。そのほうが、奥ゆかしい感じがするから……」

善治郎の言葉を忠実に守って、美沙子はブリーフを脱がせてきた。バスタオル一枚になった善治郎は、ベッドに腰をおろした。

「それじゃあ、あなたも脱いで……」

裸を見せる所作も客を楽しませる要素のひとつ——そう言おうとして、言葉を呑みこんだ。美沙子の顔色があからさまに変わったからである。

ピリピリした空気が伝わってきた。

セクシーな黒いドレスに身を包むことに抵抗はなくても、さすがに裸を見せるとなると訳が違うのだろう。

当たり前と言えば当たり前の話だった。恋愛感情はおろか、一見《いちげん》の男の前ですべてをさらすのが娼婦なのである。

あらためて、過酷な商売だと思う。あの、明るく柔和な聡子だって、きっと最初はいまの美沙子のように緊張していたに違いない。その場面を想像すると、胸のざわめきがとまらなくなった。

「……すいません」

美沙子は気を取り直すために何度か深呼吸をしてから、両手を首の後ろにまわし、ドレスのホックをはずした。下着は淡い紫だった。銀の刺繍がふんだんにされた豪華なデザインで、ブラジャーは胸の谷間を強調し、パンティの食いこみがきわどかった。

ドレスを着ていても伝わってきたスタイルのよさは、下着姿になると身震いを誘うほどだった。ブラジャーがはずされると、豊満なのに形のいい乳房が露わになった。見ているだけで吸いこまれそうになる。男好きするという意味において、これ以上のスタイルは吉原広しと言えどもなかなかいないだろう。

だが、その日いちばんの驚愕は、彼女が恥ずかしそうにパンティを脱いだときに訪れた。

毛が生えていなかったのだ。

いや、元から生えていないわけではなく、そういうふうに処理したのだろう。

こんもりと盛りあがった白い恥丘がすべて露わで、立って脚を閉じているのに、割れ目までチラリと見えていた。

「……脱ぎました」

美沙子に声をかけられても、善治郎はしばらく次の指示を出すことができなかった。

いったいなんというやらしさだろう。善治郎は女の恥毛が好きだった。どんなに澄ました顔をした美人でも、恥毛には獣じみた匂いがある。黒々と茂った闇の奥はじくじくした湿地帯で、男根を咥えこむ女の器官が、秘めやかに息づいている……。

だが、剝きだしになった女性器は、情緒ある陰影がどこにもなく、ただの器官だった。身も蓋もない露骨な光景にもかかわらず、善治郎は視線を釘づけにされたまま動けない。

「珍しいですか？」

「……初めて見たよ」

「もっとよく見てみます？」

美沙子が頰を赤くしながら、上眼遣いで訊ねてくる。

戸惑う善治郎をよそに、美沙子は片足をベッドに載せた。むっちりと肉づきのいい太腿が開かれ、アーモンドピンクの花が見えた。奥の奥まで、短い繊毛一本見当たらなかった。

むしゃぶりつきたかった。美沙子をベッドに押し倒して両脚をもっと大胆にひろげ、彼女の花を隅々まで鑑賞したかった。舌を差しだし、舐めまわせば、淫らな蜜をしとどにあふれさせそうだった。

しかし、自分の立場を忘れるわけにはいかない。善治郎は必死に気を取り直し、「いかんよ」と首を横に振った。

「そういう露骨な態度は、あまり褒められたもんじゃないな。男って生き物は、女が隠しているところを見たいんだ。恥ずかしげもなく女のほうから丸出しにされたら、しらけてしまう」

「……すいません」

美沙子はひどく落胆した表情で、ベッドに載せていた足をおろした。納得がいかないようだった。彼女にとっては精いっぱいのサービスだったのだろうし、恥ずかしげもなく見せてきたわけではない。

恥ずかしいのを、ぐっとこらえて見せてくれたのだ。それはよくわかったし、善治郎だって見せられてむしゃぶりつきたくなったのだ。視線を釘づけにしていたくせになによ、と美沙子の顔には書いてあった。

「とにかく……」

善治郎はコホンと咳払いをして立ちあがった。

「次は体を洗ってもらおう。難しいことじゃない。心をこめてやってくれればいい……」

腰に巻いたバスタオルを取ると、イチモツが天狗の鼻のように勃っていた。恥ずかしかった。こちらが興奮していることこそ丸わかりで、気まずさに赤面しそうだった。

店長の田中は新人ソープ嬢の講習のとき、決して勃起しないらしい。場数を踏みすぎてなにも感じなくなったと言っていたが、本当はみずからを律して勃たないようにしているのではないかと思った。勃たないことで威厳を保ち、あくまで仕事の一環だと女に伝えることができる――ソープ嬢も大変な仕事だが、裏方の男たちもまた、楽に稼いでいるわけではないらしい。

体を洗ってもらい、ふたりで浴槽に浸かった。

「ここではそのう……なるべく客に密着して、イチャイチャしていればいいと思う」

「はい」

美沙子は善治郎に背中を預けていた。いつもなら、うなじの匂いを嗅いだり、後ろから双乳をすくいあげる体勢である。

「イチャイチャって、どうやって？」

「うん、まあ……たぶん客のほうからおっぱいを揉んだりしてくれるよ」

「してくれないんですか？」

「いまは講習だからね、する必要はない」

「イチャイチャの他にはなにを？」

美沙子が振り返って見つめてくる。無邪気な表情をしているが、彼女は知っているようだった。あらかじめ、ソープ嬢の仕事を調べてきたと言ってきたから……。

「潜望鏡っていうのが……あるわけだが……」

「えっ？」

「フェラチオだよ」

「お湯の中に顔を沈めてするんですか？　息ができないし、化粧も落ちちゃいますけど」

知っていて言っているなら、意地の悪い女である。

「そんなわけないじゃないか。なんていうか、そのう……客の腰を両手で抱えあげてだな……」

「やってみてもいいですか？」

善治郎は一瞬、言葉につまった。講習なのだから、形だけでもやってもらったほうがいい。そうしなければ、仕事の流れを教えたことにならない。

しかし、勃起している。痛いくらいに硬くなって、ズキズキと熱い脈動まで刻んでいるから、気まずくてしかたがないのである。

「こんな感じですか？」

美沙子は浴槽の中でくるりと回転すると、善治郎と向きあう格好になり、すかさず腰を抱えてきた。

「いっ、いや、待って……ちょっと……」

あわてる善治郎のイチモツが、湯の表面からにょっきりと顔を出す。あまりの気まずさに、穴があったら入りたくなった。おまけにひどく敏感になっているので、握られると身をよじってしまった。

「舐めなくていいから……形だけわかってれば……舐めなくても……」

言いつつも、ごくりと生唾を呑みこんでしまう。そそり勃った男根のすぐ近くに、美沙子の赤い唇があった。唾液でヌラヌラと濡れ光り、身震いを誘うほどいやらしかった。

この唇で舐めしゃぶってもらえば……。

眼も眩むような快感を味わえることは、容易に想像がついた。美沙子が口腔奉仕を得意にしているのか、そうでないのかは、わからない。だが、どちらであっても気持ちがいいはずだ。

彼女はまだ、素人なのである。

講習を終え、口開けの客をとるまで、彼女はまだプロのソープ嬢ではない。

「舐めてもいいですか？」

「いや……」

善治郎は汗まみれでこわばった顔を左右に振った。

「そこまですることはないから……流れと形だけわかっていれば、それで充分だから……」

「……わかりました」

美沙子はひどく残念そうな顔をして、男根から手を離した。

6

静かだった。

風呂からあがった善治郎と美沙子は、ベッドに横たわって天井を見上げていた。

善治郎は腰に、美沙子は胸からバスタオルを巻いている。ソープランドのベッドはベンチのように狭いから、肩や腕が密着していた。早鐘を打っている心臓の音が聞こえてしまいそうで、心配になった。

「なにもしないんですか？」

美沙子が天井を見上げたまま言った。善治郎がまったく動かないので、不安げな口調だった。

「セックスをするんだよ」

善治郎は突き放すように言った。

「ここまで来たら、あとはそれだけだ。人妻なんだから、セックスくらいしたことあるだろう？」

ベッドに横になったものの、善治郎はただ黙って時間をやり過ごすつもりだった。

「そりゃあしたことはありますけど……」

美沙子は拗ねたように言った。

「お客さんを悦ばせるコツとかは？」

「私にはそこまではわからんよ……セックスなんて十人十色だろうから、相手に合わせてうまくやるしかないね。そういう意味じゃ、気を遣う仕事だ」

沈黙が訪れる。

「自信、なくなっちゃうんですけど……」

美沙子がつぶやく。

「抱いてくださいよ。わたしだって、お客さんとる前に、覚悟決めておきたいから……」

「いや……」

「そんなに女としての魅力ないですか？」

「そうじゃない……」

むしろ、魅力がありすぎるから困っているのである。

善治郎は勃起していた。美沙子の裸を見た瞬間から、一時たりとも休まず勃ちつづけている。それが恥ずかしい。厄介ごとを押しつけられたはずなのに、興奮している自分が情けない。

「わかった」

美沙子は急に明るい声を出すと、上体を起こして善治郎の顔をのぞきこんできた。

「これもテストなんですね？」

「んっ？　なにを言ってるんだ？」

「だから、お金を払って個室に入ったくせに、見栄張って抱こうとしないお客さんもいるから、それを攻略してみろって言いたいんでしょう？」

「馬鹿なことを……むむっ！」

苦笑した口を、キスで塞がれた。眼を白黒させている善治郎をよそに、美沙子はヌルリと舌を差しこんでくる。

待てっ！　ちょっと待てっ！　と叫びたくても、口を塞がれていては、声も出せない。舌をからめとられると、体が熱くなっていった。間近に迫った美沙子の顔は美しく、水がしたたるように艶めかしい。口づけをしているだけなのに、眼の下をねっとりと紅潮させ、きりきりと眉根を寄せていく。あえぎ顔をありありと彷彿させる表情で、舌をしゃぶりあげてくる。

「むむむっ！」

下半身をまさぐられ、善治郎はのけぞった。腰にバスタオルを巻いているが、イチモツは硬く勃起している。敏感になっているから、刺激されれば身をよじらずにいられない。

美沙子の手つきはいやらしかった。聡子のように熟練したプロの手つきとはまた違う、生来の淫らさが生々しく伝わってきた。

あるいは……。

働かない夫に愛想を尽かした彼女は、セックスレスで欲求不満なのかもしれなかった。セックスだけが夫婦生活ではないとも思うけれど、なにしろこれだけの体の持ち主である。もてあましてしまってもしかたがないのでは……。

「おおおっ……」

美沙子の手指がバスタオルの中に侵入し、勃起しきった男根を握りしめた。バスタオル越しにもいやらしさが伝わってきた彼女の手はしっとりして、気が遠くなりそうなほど繊細な感触がした。

「すごい……熱い……」

美沙子は嚙みしめるようにささやきながら、手筒をゆっくりと動かした。イチモツがこれ以上なく熱くなっていることは、善治郎は自分でもわかっていた。このままでは興奮しきって我を忘れてしまいそうだった。引き返すなら、いましかない。

「まっ、待ってくれっ……」

情けない声をあげて体を震わせている初老の男を嘲笑うように、美沙子は自分の胸に巻いているバスタオルをハラリと落とした。垂涎《すいぜん》の裸身を翻して、善治郎の上にまたがってきた。尻を見せてまたがってきたのだ。女性上位のシックスナインである。

うわあっ……。

善治郎は一瞬、瞬きと呼吸を忘れてしまった。目の前に突きだされた尻は白く豊満で、すさまじい迫力だった。しかも、その奥にしっかりと彼女の秘所が見えていた。素人の美沙子はまだ、聡子のように部屋の灯りを暗くして淫靡な空間を演出するという腕をもちあわせていなかった。

善治郎は尻の桃割れの間を、むさぼるように眺めまわした。

セピア色のアヌスも美しかったが、その下でひっそりと息づいている女の花の美麗さは、見たことがないほどだった。なにしろ、まったく毛が生えていない。すべてが剝きだしなのである。アーモンドピンクの花びらがぴったりと口を閉じ、縦に一本の筋をつくっている様子は、美麗でありながら身震いを誘うほど卑猥であり、なにかに取り憑かれたように見つめてしまう。

「むううっ！」

下半身に衝撃が訪れ、善治郎はのけぞった。腰に巻いたバスタオルを剝がされ、剝きだしになった男根にねっとりと生温かい刺激が襲いかかってきた。

口唇に咥えこまれたらしい。

女性上位のシックスナインでは、咥えた顔を見られないのが残念だったが、そんなことを言っている場合ではなかった。

「うんんっ……ぅんんっ……」

美沙子は鼻息をはずませて、唇をスライドさせてきた。口内でねちっこく舌を動かしては、カリのくびれを舐めまわしてきた。見なくても、涎《よだれ》を垂らして男根をしゃぶりあげている表情が眼に浮かぶようだった。

そうなると、もはやじっとしていることはできなかった。一秒ごとに理性が崩壊していき、突きだされている尻の誘惑に抗えなくなっていく。

善治郎は、覚悟を決めて尻の双丘をつかんだ。ぐいっと桃割れをひろげ、無毛の花に向けて舌を差しだしていく。それも興奮の証なのか、舌に生唾がしたたっている。

「んんんっ!」

花びらの合わせ目を舐めあげると、美沙子は豊満な尻を揺すった。善治郎は尻肉にぐいぐいと指を食いこませ、あられもなく秘所をさらけだしながら、夢中になって舌を使った。

美沙子も負けじと唇をスライドさせてくる。根元を指先でいやらしくしごきたてながら、ペロペロ、ペロペロ、と亀頭を舐めまわす。舌で亀頭を磨きあげるように……。

たまらない気分になってきた。

舐めて舐められるシックスナインは、善治郎の理性を完全に崩壊させた。もはや、本能のままに振る舞うことしかできそうになかった。

「……もういい」

善治郎は女体の下から抜けだして、美沙子をあお向けに倒した。ここまで雄々しい気分になったのは久しぶりだった。彼女が素人だからだろうか。ここはソープの個室だが、相手がソープ嬢ではないからか。

「んんんっ……」

濡れた花園に男根の切っ先をあてがうと、美沙子はせつなげな上眼遣いで見つめてきた。せつなげでも、欲望を隠しきれなかった。彼女がソープ嬢になる理由は、なにも金のためだけではないのではないかと思った。

「いくよ……」

善治郎は唸るように言い、腰を前に送りだしていった。上体を起こしたまま挿入を開始したのは、無毛の割れ目におのが男根が埋まっていく様子を眺めたいからだった。アーモンドピンクの花びらを巻きこんで、亀頭をずぶりと埋めこんだ。小刻みに出し入れすれば、花びらが男根に吸いついてきた。

「んんんっ……くぅううっ……」

美沙子が息を呑んで身をよじる。美しい顔が、どんどん紅潮していく。まだ汗をかいていないのに、艶やかな光沢を放ちだす。

ずぶずぶと最奥まで侵入していくと、

「ああああーっ！」

美沙子は総身をのけぞらせ、甲高い悲鳴を放った。あわあわと悶えながら、両手を差しだして抱擁を求めてきた。

善治郎は上体を被せ、美沙子を抱きしめた。女らしい凹凸のはっきりした彼女の体は、抱き心地も素晴らしかった。ほとんど衝動的に、腰が動きだした。美沙子の中は、よく濡れていた。抜き差しを続けていると、程なくして、粘りつくような肉ずれ音がたちはじめた。

「あああっ……はぁああっ……」

美沙子は四肢をよじらせ、善治郎にしがみついてきた。唇を差しだされたので、舌と舌をねっとりとからめあわせた。

なにかが違った。

ぐいぐいと腰を振りたてながらも、いつものように享楽的な気分に浸れなかった。肉の悦びを味わいつつも、胸を締めつけられる。

美沙子の反応がそうさせた。彼女はまだプロではなかった。つまり、愛のあるセックスしか知らないのかもしれなかった。熱い吐息をぶつけあいながら舌を吸いあうほどに、美沙子の瞳は濡れていった。愛おしげに善治郎を見上げながら、けれども下から腰を動かし、性器と性器をしたたかにこすりあわせる。

たまらなかった。

息があがってしまわないように、善治郎はなるべくゆっくり男根を抜き差しすることを心掛けている。性急に射精を求めるより、女体を味わい尽くそうとする。けれども、ピッチがあがってしまう。美沙子を強く突きあげてしまう。

「ああっ、いいっ！　いいいいーっ！」

美沙子はよがりながらも、決して眼を閉じようとしなかった。それが素人の人妻の流儀なのか、ぎりぎりまで細めた眼で、いま自分を抱いている男を見つめてくる。お互いの腰が動く。視線と視線がからまりあい、火花を散らす。

落ち着け、落ち着くんだ、と善治郎は逸《はや》る本能を必死になだめた。もう若くないのだ。力まかせに女を抱いてはいけないのだ。全盛期の硬さがなくても、リズムに乗せれば女はよがる。三浅一深の腰使いで、じっくりと蜜壺を掻き混ぜてやればいい。そのつもりなのに、気がつけば連打を放っている。興奮しすぎて、息が苦しい。

「ああっ、ダメッ……ダメえええっ……」

美沙子がちぎれんばかりに首を振った。

「イッ、イッちゃうっ……わたし、もう、イッ……イクッ……」

「むううっ！」

善治郎は下腹に力を込めて、怒濤の連打を送りこんだ。三浅一深なんて、悠長なことは言ってられなかった。この腕の中で、女が絶頂に達しようとしているのだ。渾身《こんしん》のストロークで応えなくては、男がすたる。

「イッ、イクッ！　イクウウウウーッ！」

美沙子がしがみついてくる。五体の肉という肉をぶるぶると痙攣させ、絶頂に駆けあがっていく。

ああっ……。

善治郎は真っ赤な顔で腰を振りたてながら、男に生まれてきた悦びを味わっていた。射精はまだ遠かった。しかし、この腕の中で女をイカせる悦びは、男にしか味わえないものだろう。

「はぁううううーっ！　はぁううううーっ！」

ビクンッ、ビクンッ、と腰を跳ねあげる美沙子は、腕の中でほとんど暴れていた。すさまじい力だった、若さなのかもしれなかった。熟女とはいえ、善治郎の半分しか生きていない。老骨に鞭打って、若い肉体を抱きしめた。美沙子がイキきってがっくりと力を抜くまで、突いて突いて突きまくった。

第四章　金色の草原

1

カウンターで鮨を食う習慣が、最近までなかった。

善治郎が子供のころ、鮨といえば出前で、大きな桶《おけ》に入って運ばれてきた。家で食べる最高のご馳走だから、誕生日とか入学祝いとか、特別なときにしか出てこなかった。くるくるまわる回転鮨が、まだない時代の話である。

初めてカウンターで食べたのは、四十歳前後だろうか。当時羽振りのよかった友人に連れていってもらったのだが、ひどく落ち着かなかったことをよく覚えている。だいたい頼む順番がよくわからないし、注文するタイミングも難しい。メニューも見ずに慣れた調子で注文している友人を尻目に、おずおずと青魚ばかり食べていて、遠慮するなと笑われた。べつに友人の懐具合を慮《おもんぱか》ったわけではなく、単に小鰭《こはだ》や鯖が好きなだけなのだが……。

浅草には名門や老舗の鮨屋が多い。

白木のカウンターでひとり酒というのに憧れはあるものの、やはりハードルが高かった。ただ、鮨屋にもランチサービスというものがあることを知り、よく食べるようになった。昼間だし、出てくるものは決まっているし、値段もわかっているので安心である。

「いらっしゃい」

暖簾《のれん》をくぐると、ねじり鉢巻きの大将が威勢のいい声で迎えてくれる。清潔な店内の景色と、漂ってくる酢の匂いに胸が躍る。

食通通りにあるその店は、ランチといえども一貫ずつ握って、鮨下駄に置いてくれる。鮨の醍醐味は手で食べることにあると、桶鮨しか食べたことがなかったころには知らなかったことに気づいた。

「すいません。烏賊《いか》は塩とレモンでお願いできますか」

通ぶって、そんなことを言ってみるのも一興だ。

烏賊の次は、好物の小鰭である。旬の味わいに唸り、お茶を飲む。刺身には酒だが、握りには断然お茶だ。鮨屋で飲む濃い粉茶は、なぜこれほどおいしいのだろう。つい二杯、三杯と飲んでしまうほどなのだが、家で粉茶を飲んでもさしておいしくないから不思議である。

鯛に平目は、いつ食べてもしみじみ旨い。マグロのづけと穴子は江戸前の職人の腕の見せどころだ。そして、締めのかんぴょう巻き。これがたまらない。この年になって、かんぴょう巻きの滋味あふれる味わいが、ようやく理解できるようになった気がする。

その日、あえて昼酒を回避して鮨を食べたのには理由があった。

話は先週に遡る。

新人ソープ嬢の講習という、いままで夢にも思ったことがない経験をさせてもらった。その帰り、店を出ていこうとした善治郎は、中年のボーイに呼びとめられた。

「これ、店長からです。今日のお礼に」

「なんだい？」

差しだされた紙袋に入っていたのは、錠剤の詰まった瓶だった。「これは効きます。漢方薬だから、健康に害もないでしょう」というメモ書きが添えられていた。

どうやら、精力増強剤らしい。

そういう薬があることは、善治郎も知っていた。一錠飲めば、爺様でも痛いくらいに勃起するという話を聞いたこともある。

使ってみたことはない。その手の薬には副作用があり、心臓に負担がかかったり、血圧に影響があるとも言われているからだ。

しかし、漢方薬というところに興味がそそられた。成分表を見ると、マカ、朝鮮人参、スッポンエキス、鹿の角など、天然由来のものばかりだったので、これなら副作用の心配もなさそうである。

だから今日は、昼酒を控えて鮨屋でお茶を飲んでいるのだ。どれほど効果があるかわからないが、いちおう薬を飲むのだから、酔っていないほうがいいだろう。酒は事後のお楽しみにとっておいて、万全の体調で女遊びに臨んだほうがいい。

それにしても……。

先週のことを思いだすと、なんだか甘酸っぱい気分になる。

美沙子はいい女だった。

自分なりに一生懸命、講習をするつもりだったし、実際途中まではそうしていた。いきなり勃起してしまったのは恥ずかしかったが、欲望のままに振る舞うことなく、辛抱に辛抱を重ねた。

しかし、結局は美沙子を抱いてしまった。

彼女の魅力にしてやられた。美沙子はプロのソープ嬢ではなく、まぐわい方にも素人の趣があり、夢中にならずにいられなかった。あんなふうに脇目もふらず完走できたのは、女遊びを始めてから数えるほどしかない。

つまるところ、精力剤などなくても、女がよければ男は奮い立つということだろうか。

そうかもしれないが、美沙子の場合はあくまでイレギュラーで、一週間が経ったいまでは、立派なプロになっていることだろう。彼女の魅力は、素人の魅力だったのである。かといって素人に手を出すわけにもいかないし、相手にされるわけもない。

漢方の精力増強剤は本当に効くのだろうか？

それほど期待しているわけではないが、初めての経験なので、やはりわくわくしてしまう。

問題は、どこで遊ぶかである。

吉原に行くか、ラブホテルにデリバリーの女を呼ぶか……。

馴染みより、新しい女がいいような気がした。いつもとは違う自分を、初めての女で試してみたい。

いや……。

実はひとり、頭に思い浮かんでいる女がいた。

デリバリーの女だった。

彼女には苦い思い出があった。

そういう女は珍しい。自慢ではないが、女の引きはいいほうなので、かえってよく覚えている。

2

あれは桜が満開になる直前だったから、三カ月くらい前のことになるだろうか。

ひさご通りで牛鍋をつついたあと、いい気分で近くのラブホテルに入り、女を呼んだ。

初めて遊ぶ店だったが、注文はとくにつけなかった。

やってきた女を見て、驚いた。

「がっ、外国の人?」

思わず聞いてしまった。

「ううん、ハーフ。こっちで育ったから、日本語、大丈夫ですよ」

女は笑い、リサと名乗った。パッと見には、完全にアングロサクソン系の外国人だった。

金髪に彫りの深い顔。若かりしころ、銀幕で見たハリウッド女優を彷彿させた。

さらに、百七十センチ以上ありそうな長身で、並んで立つと目線が善治郎より上にあった。

モデルのように細いのに、バストは豊かだった。体にぴったりと張りつくようなワンピースを着ていたので、悩殺的なボディラインが露わだった。

そのラブホテルは、浅草にある中でもずいぶん古ぼけたところで、入った瞬間、しまったと思ったものだ。しかし、リサが出現したことで、埃っぽく薄暗い空間が、スポットライトがあたったように明るくなった。

「チェンジ？」

リサに上眼遣いで見つめられ、

「いやいや……」

善治郎は反射的に首を横に振った。失敗した。チェンジすればよかったと後悔した。

彼女に落ち度があるわけではなく、その類《たぐ》い稀《まれ》な美貌に怖じ気づいてしまったのである。彼女とまぐわう自分が、どうにも想像できなかった。しかし、チェンジと言って彼女を傷つける勇気もまた、善治郎にはなかった。こんな美人がやってきてチェンジをする客なんて、いるわけがないだろうから……。

「お茶でも飲もうか……」

善治郎はそそくさと料金を払うと、冷蔵庫からお茶を出した。

「あっ、わたし、お水がいいな」

リサが言ったので、ミネラルウォーターを渡してやる。リサをベッドに座らせ、善治郎は粗末なソファに腰をおろした。リサが移動してこようとしたので、丁寧に断った。ラブソファというのだろうか、ふたりで座ると体が密着してしまいそうな狭いソファだった。

「ずいぶん……お綺麗なんだね……」

　善治郎がひきつった笑顔で言うと、リサは緑がかった黒眼をまわして首を振る、おどけた仕草を見せた。流暢《りゅうちょう》な日本語を話すので、ハーフというのも、日本育ちというのも本当なのだろうが、なにしろ容姿が容姿なので、そういう仕草ひとつからも異国の香りが漂ってくるようだ。

　善治郎は外国人が苦手だった。とくに白人はダメだ。憧れはあるが、はっきり言って怖い。それゆえ、外国に旅行したことはない。近ごろ、浅草の街で道を訊ねられることがよくあるが、英語もわからないからおろおろするばかりで、通りがかった別の人をつかまえるのが精いっぱいである。

「時間、あんまりないですよ」

　リサが苦笑する。

「おしゃべりしてると、一時間なんてすぐ経っちゃう」

「いや、いいんだ……今日はおしゃべりしてるだけでも……」

　善治郎は言った。ハーフ美人の日本語は流暢なのに、江戸っ子のこちらがしどろもどろになってしまう。

「エッチしなくていいの？」

「ああ、この年になると、キミのように綺麗な子とおしゃべりしているだけでも楽しいもんさ」

「ふうん」

「どうして、こういう仕事を？」

リサが不思議そうな顔をする。

「いや、その……モデルさんとかタレントさんとか、もっと相応《ふさわ》しい仕事があるんじゃないかと思ってね」

リサが鼻で笑う。そんな仕事ができるわけないと言いたいようだったが、お世辞ではなく通用しそうだった。少なくとも、最近流行《はや》っている、ひと山いくらのアイドルグループより、何十倍も美しい。

「お金……」

「えっ？」

「この仕事してるのは、お金を貯めるため。パパの国に行ってみたいの」

「ちなみに……それは……」

「スコットランド」

「……イギリスの？」

リサがうなずく。

善治郎は、スコットランドについてなにも知らない無教養な自分を呪った。スコッチウイスキーという名産品をかろうじて思いだしたが、知ったかぶって余計なことを言う気にもなれない。

「いくつなのかな?」

「二十七。お店のホームページでは二十三になってるけど」

意外に年を食ってるな、という気がした。二十歳と言っても通用しそうだった。逆に、三十歳と言われても納得したかもしれない。まったくもって、外国人の年齢はわかりにくい。

抱けばわかるのだろうか?

六十六歳と二十七歳でも、男と女である。裸になって抱きあってしまえば、年の差なんて関係なくなるのかもしれない。横に倒してしまえば、長身だって気にならないだろう。

彼女はどんなふうにあえぐのだろう?

想像すると、じわり、と額に汗が滲んだ。金を払ったのだから、善治郎には彼女をあえがせる権利があった。乳房を揉みしだき、乳首を吸いたて、両脚を大きく開いて、その中心に舌を這わせることだって……。

口の中に唾液があふれてくる。

コホンと咳払いして、リサを見た。退屈そうな顔をしていた。機嫌を損ねているようにも見える。

考えてみれば、それも当然かもしれない。彼女のような女がラブホテルに現われれば、男なら誰だって奮い立ち、鼻息を荒くして挑みかかっていくに違いない。金まで払って挑みかかっていかないなんて、どうかしていると思われてもしかたがない。

抱いてしまえばいいのだ。

どうせ一期一会の関係だし、中折れの恥をかいたところでその場限り。挿入せずに、愛撫だけだっていい。いやいや、ヌードを拝ませてもらうだけだって、彼女が相手なら価値がありそうではないか。

しかし、どうにも動きだせず、額から汗ばかりが噴きだしてくる。おしゃべりをしようといったわりには、会話だってはずんでいない。話題がないから、なにも言えない。リサの顔がますます不機嫌そうになっていったので、申し訳なくなってきた。

「あのさ、時間はまだ早いけど、帰ってもいいよ……」

おずおずと言うと、

「無理です」

リサは呆れた顔で首を振った。

「こんな早く帰ったら、わたしが怒られちゃう」

「いや、べつにキミに落ち度はないって、私が店に電話するから……」

面倒はごめんだとばかりに、リサは首を横に振るばかりである。

地獄だった。

あれほど気まずかったことは、後にも先にも一度きりだ。

時間が来るまでの四、五十分間、お互いに口を開かず、延々と沈黙が続いた。時折、眼が合うと、これ見よがしに長い溜息をつかれた。まるっきり針のむしろに座らされている状態で、生きた心地がしなかった。

3

食通通りの鮨屋を出た善治郎は、国際通りを渡って西浅草のラブホテルに入った。

部屋に入るとまず、広いベッドの上で大の字になるのはいつものルーティンである。ただ、ポケットから出したのは、風俗雑誌の切り抜きではなく、精力増強剤の入った瓶だった。

「服用は三十分前に」とラベルに書いてあったので、早速冷蔵庫から水を出して飲んだ。これから電話をして女を呼べば、始まるのはちょうど三十分後くらいだろう。準備は万端である。捲土重来《けんどちょうらい》を期するのだ。

デリバリー店に電話をし、リサを指名した。風俗嬢は流動性が高いので、いなくなっている可能性もあったが、問題なく予約できた。幸いなことに、まだ在籍していてくれたようだ。

「私を待っていてくれたのかな……」

独りごち、ククッと喉を鳴らして笑う。他人が見たら気持ちの悪い光景だろうが、この部屋にいるのは善治郎ひとりきり。誰に遠慮することもない。

リサは掛け値なしの美人だった。

間違いなく、いままで遊んだソープ嬢、風俗嬢の中でもナンバーワンだ。

たしかに気まずい思いもしたけれど、あれほどの美女のヌードさえ拝まなかったことを、善治郎は後悔していた。日が経つにつれじわじわと痛恨の念が押し寄せてきて、いまでは夢にまで彼女が出てくる。

善治郎が女遊びに求めているのは癒やしである。射精にこだわらず女体と戯れればこの世は天国、もう若くないのだから、ムキになって腰を振りたてる必要はない。

そう思っていることは事実だし、女は容姿や若さではなく、気立てのよさであるとも思う。

ただ、気立てのいい女の顔は、すぐに忘れてしまう。べつに忘れてもいいのだが、リサの顔はいつまでも忘れられず、時間が経ったいまなおその美しさは脳裏にくっきりと刻みこまれていて、思いだすたびに後悔してしまうのである。

美人というものは恐ろしいものだ、と思った。粋人ぶって女遊びをしていても、やはり綺麗な女の誘惑には勝てないらしい。

あれほどの美女を、金を出せば抱けるのだ。

初見のときだって、尻込みせずに堂々と抱いていれば、この腕の中でひいひいとよがり泣かすことができたのである。

いや……。

実のところ、ひいひい言わせる自信がなかったからこそ、尻込みしてしまったのだ。薄暗いラブホテルの部屋を明るくしてしまうほどの美女を相手に、完走できなかったら男としてこれ以上情けないことはない。リサだってがっかりするに決まっている。あれほどの美女に蔑みの視線を向けられたら、トラウマになってしまいそうだ。

そこで、精力増強剤なのである、
薬の力を借りてでもよがり泣かせたい女がいるとすれば、リサ以外に考えられなかった。

彼女はおそらく、善治郎のことをご老体のＥＤかなにかだと思っていることだろう。思われてもしかたがない振る舞いをしたわけだが、いまだ現役の男であることを見せつけてやりたい。鋼鉄のように硬くなった男根で、イカせまくって……。

そろそろ薬が効きはじめているのだろうか？

なんだか考え方までいつになく雄々しくなっている気がして、善治郎は苦笑した。

ちょうどそのとき、扉がノックされたので、あわててしまった。善治郎は二度ほど深呼吸をしてから、出入り口に向かうと扉を開けた。

リサが立っていた。

善治郎の顔を見て、眼を丸くする。

「覚えていてくれたかな？」

「ええ、まあ……」

微苦笑するリサを、善治郎は部屋の中に通した。

「今日もまた、おしゃべりだけ？」

「いや……」

善治郎は首を横に振った。

「この間はちょっと体調がすぐれなくてね。悪いことをした」

体調がすぐれないならコールガールなど呼ばなければいいのだが、リサは眉をひそめたりしなかった。

「嬉しいです。あらためて呼んでくれて」

笑顔で身を寄せられ、善治郎は大いに照れた。リサは、笑うとふっくらした頬に皺《しわ》ができた。上背は自分より高かったが、可愛らしい。彫りの深い美貌のせいか、喜怒哀楽が普通の人よりよく伝わる。

「それじゃ、シャワー浴びましょう」

「ああ……」

善治郎は自分の服を脱ぎながらも、視線はリサに奪われていた。ボディコンシャスというのだろうか、白いニットのワンピースを着ていた。体の線を露わにし、極端に丈が短い大胆な服だったが、リサは颯爽と着こなしていた。顔立ちだけではなく、スタイルも白人の血が濃いらしい。溜息が出そうなほど腰の位置が高く、脚が長い。

リサはそのワンピースを一瞬で脱いだ。下着は高級感のある深緑色だった。舶来品だろう。日本人とは違う、金色の産毛の生えた真っ白い素肌によく似合っていた。

「スタイル、いいね……」

うっとりと眼を細めて言ったが、リサの表情は変わらなかった。褒められることに慣れているのかもしれないし、裸をさらすのが恥ずかしいのかもしれない。いずれにしろ、その澄ました顔に善治郎の胸はざわめいた。驚くべきことに、ブリーフを脱ぐ前から痛いくらいに勃起してしまった。

リサがブラジャーをはずすと、生唾を呑みこまずにいられなかった。裾野にたっぷりと量感があるのに、ツンと上を向いた美しい乳房だった。

一般的に、男が女を眺める視線は、年を追うごとに下に向かっていくという。顔から胸、胸から腰、腰から尻、尻から太腿、そして脚へと……。

善治郎も例にもれず、若いころは乳房の大小が妙に気になったものだが、最近は、尻の丸みや太腿の豊かな肉づき具合に女性らしさを感じることが多い。

だが、なにごとにも例外はあるものだ。

目の前にある、砲弾状に迫りだした双乳の迫力はどうだ。全体は細いにもかかわらず、まるで枝になった果実のように、乳房だけは丸々と実って、しかもツンと上を向いている。乳首の色が、清らかなピンク色なのも素晴らしい。

しかし……。

リサが中腰になってパンティを脱ぐと、視線は一気に股間に吸い寄せられた。

金髪だった。

頭髪も金髪だからそうであってもおかしくないが、頭髪の場合は染めていることがある。いまどき、純和風な顔をしている日本人でも、金髪や茶髪にしている娘などいくらだっているのである。

だが、リサの場合は、それが生来の色なのだ。形も優美な小判形で、本物の小判のように金色に輝いて見えた。

「どうしたんですか？」

リサが苦笑した。彼女のヌードに見とれるばかりで、善治郎は服を脱ぐのをすっかり忘れていた。

あわてて脱ぎ、ブリーフまで一気に脚から抜いた。男根は勃起しきっていた。リサはそれを一瞥したが、やはり無表情だった。

あえてそうしているのかどうかわからなかったが、善治郎はぞくぞくするほど興奮してしまった。美女のポーカーフェイスがこれほどエロティックなものだとは――この年になって、また新たな発見をしてしまった。

4

「じゃあ、シャワー浴びましょう」

リサにうながされ、バスルームに入った。シャワーの湯が、善治郎の体に浴びせられた。もうもうと立ちこめる湯煙の中で、善治郎はすっかり現実感を奪われていた。

銀幕の中にまぎれこんでしまった気分とでも言えばいいのか、自分より背の高い、金髪美女に体を洗われているのである。リサはバスルームに入る前に髪をアップにまとめていた。白く長い細首がたまらなくセクシーだった。

しかし彼女は外国人ではない。日本人とのハーフなので、日本語は普通に話せるし、気遣いも細やかだ。

「熱くないですか？」

「ああ……」

「痒《かゆ》いところとか、ありません？」

「いや、大丈夫……」

「そんなに緊張しないでくださいよ」

リサは笑いながらボディソープを手のひらに取り、胸や二の腕から体を洗ってくれた。ボディタオルを使うような、野暮なことはしなかった。きちんと手指で洗ってくれたので、善治郎はまっすぐ立っているのがつらくなるほど興奮してしまった。

「緊張しないのなんて、無理だよ。キミのような綺麗な子に、体を洗われて……」

「この前から、お世辞ばっかり」

「お世辞じゃないさ。みんなびっくりするだろう？　デリを呼んでキミみたいな子が現われたら……むむむっ！」

ヌルヌルの手指が勃起しきった男根を洗いはじめ、善治郎は言葉を継げなくなった。手つきは丁寧で、繊細だった。ただ洗うのではなく、カリのくびれで手筒をすべらせたり、玉袋を揉みしだいたり、さりげなく愛撫してくる。

善治郎の鼻息はみるみるうちに荒くなり、顔が燃えるように熱くなっていった。これも精力増強剤の効果なのか、男根が異常に敏感になっていて、恥ずかしいほど身をよじってしまう。

「はい、それじゃあ先に出ていてください」

ボディソープを流してくれると、リサはにっこり笑って言った。

「わたしもシャワー浴びて、すぐ出ますから」

「いや……」

善治郎は真っ赤に染まった顔を左右に振った。現実感がないのなら、これは夢のようなものだった。夢の時間を終わらせたくなかった。ベッドに行けば夢の続きが見られるだろうが、ほんの少しでも覚めてしまうことが嫌だった。

「私に……体を洗わせてもらえないかい？」

「ええっ？」

リサはおどけたように眼を丸くしたが、

「いいですけど……嬉しいな、洗ってもらえるなんて」

甘い声でささやいてくれた。

やさしい女だった。段取り的には、自分でテキパキ体を洗ったほうがいいに決まっている。

だが、そんなことはおくびにも出さない。

シャワーで体に湯をかけてやると、抜けるような白い肌が、瞬く間に艶めかしい桜色に染まっていった。善治郎はますます鼻息を荒くしながら、ボディソープを手のひらに取った。

考えてみれば、ソープでもデリバリーでも、女の体を洗ってやるのは初めてだった。

ヌルヌルになった両手で、双乳を裾野からすくいあげた。見かけ倒しではなく、ずっしりと重かったが、それよりもボディソープの感触が、この世のものとは思えないほど卑猥すぎて、善治郎の頭の中は真っ白になっていく。

「ああんっ！」

うっかり乳首をつまんでしまうと、リサはくすぐったがって、背中を向けた。善治郎は再び手のひらにボディソープをたっぷりと取り、真っ白い背中に塗りたくっていった。

すぐに塗りたくるだけでは我慢できなくなり、後ろから双乳をすくいあげた。揉みしだきたくてしょうがなかった。彼女の背中と自分の体の前面が密着し、せっかく泡を流してもらった体が台無しになったが、かまっていられなかった。

「ああんっ、いやんっ！　感じちゃいます……」

リサが身をよじれば、善治郎もまた身をよじる。ヌルヌルの素肌をこすりあわせながら、もはや洗っているとは言えない、熱い愛撫に突入していく。

善治郎は豊満な双乳を、ねちっこく揉みしだいた。ボディソープの感触がいやらしいので、揉めば揉むほど夢中になってしまう。左右の乳首をつまみあげれば、リサはくぐもった声をあげてのけぞった。眼と鼻の先に迫ったうなじに、善治郎は口づけをし、舌を這わせた。金髪の後れ毛がセクシーすぎる。

「ああんっ……んんんっ……気持ちいいっ……」

リサが尻を振りたててくる。そこには、勃起しきった男根があたっている。丸みを帯びた尻肉で刺激されれば、芯から熱くなって疼きだす。

善治郎は左手で乳房を揉みしだきながら、リサの下半身に右手を這わせていった。金色の繊毛が茂った草むらに、ヌルヌルの手指で侵入し、泡をたててやる。さらに奥まで進んでいくと、くにゃくにゃした貝肉質の花びらが、指にいやらしくからみついてくる。

「ああっ、いやあああっ……」

割れ目に指を這わせてやると、リサはさすがに焦った声をあげた。先ほどまでのポーカーフェイスが嘘のように、眼の下をねっとりと紅潮させ、眉間《みけん》に深い縦皺を刻んでいる。

ベッドに移動し、じっくりと拝みたかったが、焦る必要はない。ハーフ美女とのヌルヌルプレイに興奮しつつも、善治郎はまだ冷静さを失ったわけではなかった。精力増強剤を飲んだとはいえ、全面的に頼るわけにはいかない。リサをひいひいよがり泣かせたいなら、この場でもう少し欲情させてやったほうがいい。

いったん愛撫の手をとめ、リサの体についたボディソープを流した。天然成分のローションと違い、ボディソープをしたままオーラルセックスはできない。すっかり洗い流すと、彼女の足元にしゃがみこんだ。

下から見上げる金髪美女はまるで女神のようで、一瞬、圧倒されてしまった。しかし彼女は、女神ではない。性感帯に触れれば身をよじって声をあげる、生身の女である。

「なっ、なにをっ……」

片脚をもちあげてやると、リサは焦って壁に手をついた。バランスがとれていることを確認すると、善治郎は逆Lの字に開いた彼女の両脚の間に、顔を近づけていった。濡れた金色の恥毛の下に、美しい桜色の花びらが見えた。驚くほど清らかな色だった。花びら自体も小ぶりで、さらに清らかな奥の花園がチラリと見えている。

「あううっ！」

花びらの合わせ目を舐めあげると、リサは喜悦に歪んだ悲鳴をあげた。敏感な肉芽を刺激された衝撃に、ガクガクと腰を震わせた。

昔、洋ピンと呼ばれた、洋物のピンク映画を観たことがあるが、白人の女優はみな一様に、「おおっ」とか「おうっ」とか、鼻にかかった低い声で悶えていた。あれが少し苦手だった。日本育ちで日本語をしゃべるリサは、日本人のあえぎ方と変わらなかった。しかし、なにしろ顔がモデル級の白人顔なので、舌を使いながらも、何度も上を見上げてしまった。日本人と白人の、いいところ取りをした色香が素敵だった。

そうなると、善治郎のクンニリングスにも、自然と熱がこもっていく。花びらをしゃぶりあげては、肉穴にヌプヌプと舌先を差しこみ、ねちっこく肉芽を舐め転がしていく。じゅるじゅると音をたてて蜜を啜《すす》れば、リサは羞じらい、美貌をますます赤く染めていく。

「あああっ、ダメッ……たっ、立ってられないっ……」

リサは言いつつも、舌の動きに合わせて腰を動かしている。肉づきのいい太腿をぶるぶると震わせて歓喜を伝え、美しい割れ目から発情の蜜をしとどに漏らす。

「ダッ、ダメッ……ダメですっ……そんなにしたらっ……そんなにしたらイッちゃうっ……あああっ……」

善治郎は執拗に舌を使いつづけた。やがてリサが甲高い悲鳴をあげ、腰を震わせて絶頂に達するまで、敏感な肉芽を舐め転がしていた。

5

ベッドに移動しても、リサはしばらく放心状態だった。

バスルームで立ったまま激しい絶頂に達してしまったからだった。

善治郎は、してやったりの気分だった。ハーフの美貌にポーカーフェイスもぞくぞくするほど色香があったけれど、絶頂の余韻で眼の下をねっとりと紅潮させているリサの顔は、食べてしまいたいくらい可愛かった。

「……ぅんんっ！」

唇を重ねると、リサは閉じていた眼を薄く開いた。舌をからめあってもまだ、眼の焦点が合っていなかった。善治郎は口づけを深めていきながら、豊満な乳房を揉みしだいた。

ボディソープを使って愛撫したあとだけに、乾いた乳房の揉み心地は新鮮だった。いや、完全に乾いているわけではない。タオルで拭ってあったが、湯上がりのしっとりした素肌は、手指に吸いついてくるようである。

「あああんっ……」

乳首を口に含んでやると、リサは悶えるように身をよじった。一度絶頂に達しているので、敏感になっているようだった。火がつくのも早かった。乳房に続いて下半身をまさぐりだすと、あっという間に放心状態から抜けだし、女体は生気を取り戻したようにくねくねと動きだした。

両脚の間には熱気がこもり、花はぐっしょり濡れていた。簡単に、指が泳ぐほどだった。早くも彼女が欲しくなってきたが、善治郎は忍耐力を発揮して、もう一度クンニをしようと思った。

しかし、体勢を変えようとすると、

「待って……」

リサに腕を取られた。

「今度はわたしの番……いいでしょ?」

「えっ? ああっ……」

善治郎はしどろもどろにうなずいた。おかしな感じだった。金を払ってサービスを買ったのだから、リサに愛撫してもらうのは当然である。なんならマグロでいてもいいくらいなのに、いまのいままでそういう発想が頭から消えていた。彼女を愛撫し、乱れさせることしか考えていなかった。

おかしなことはまだ続いた。気がつけば、善治郎はベッドの上に立ちあがっていた。そんな格好で口腔奉仕を受けたことはほとんどないのに、気分が雄々しくなっていたからだろうか。足元にリサをひざまずかせて腰を反らせた。

「うわ、立派……」

勃起しきった男根を見上げて、リサが息を呑む。善治郎は苦笑しそうになった。我ながら恥ずかしくなるくらいの勃ちっぷりだった。いつもより硬くなり、いつもより反っていた。精力増強剤というのは恐ろしいものだと思った。

普段とのいちばんの違いは、形状ではなく、勃っている実感だった。肉棒の内側に神経が通い、それが自分の体の一部だとはっきりと自覚できる。なんというか、男根に力を込められるのである。若いころにはあった感覚だが、何十年かぶりにそれを取り戻していた。

「失礼します……」

リサが男根に手を伸ばしてくる。マニキュアを塗っていない清潔な爪が、真珠のように輝いて見えた。

しばし眺めて眼福を味わいたかったが、刺激がそれを許してくれなかった。驚くほど硬くなったイチモツは、ひどく敏感にもなっていて、ほんの少し触れられただけでのけぞってしまった。

リサの指が動く。添えるように軽くつかんで、すりっ、すりっ、としごいてくる。ごく軽くソフトなやり方だったが、精力剤のパワーを注入された男根は、芯から熱く疼きだし、先端から先走り液を噴きこぼしてしまう。

「ああっ……」

リサが口を開いた。根元をしごきながら、先端を頰張った。口内には生温かい唾液がたっぷりとあふれ、舌はくなくなとよく動いた。

「むううっ……」

善治郎は天を仰いで、首に何本も筋を浮かべた。それほどの快感が襲いかかってきたわけだが、あわてて視線を下に向けた。垂涎の光景から一瞬でも眼を離してしまうなんて、愚か者の所業である。

リサが上眼遣いでこちらを見ていた。おのが男根をずっぽりと口唇に咥えこみ、頰をへこませている。吸いたてると口唇から肉棒が現われ、唾液でヌラヌラと濡れ光っていた。

「うんんっ……うんんっ……」

視線と視線をぶつけあいながら、リサが唇をスライドさせてくる。身震いを誘うほどの快感と眼福に、善治郎は息ができず、瞬きをすることもできない。顔が燃えるように熱くなり、額から汗が噴きだしてくる。

「……もっ、もういいっ！」

善治郎は険しい表情で、男根を口唇から引き抜いた。我慢できなくなってしまった。リサはまだ舐め足りないという顔をしていたが、かまわずその体にむしゃぶりつき、両脚の間に腰をすべりこませていく。

彼女が欲しかった。

善治郎は唾液に濡れた男根を握りしめ、金色の恥毛に飾られた花園に切っ先をあてがった。これほど抜き差しならない衝動を覚えたのは、若いころにもなかったかもしれない。リサと見つめあいながら、大きく息を呑んだ。

眼下の光景に圧倒されてしまいそうだった。リサは両脚をM字に割りひろげられ、これから始まることに身構えている。金髪の草むらも露わに、女の恥部という恥部をさらけだしている。

善治郎は、ゆっくりと腰を前に送りだした。美しい桜色の花びらを巻きこんで、ずぶずぶと彼女の中に入っていった。

「んんんっ……くううっ……ああああーっ！」

ずんっ、と最奥を突きあげると、リサは白い喉を突きだした。彫りの深い美貌をこわばらせ、あわあわと身悶えている彼女を抱きしめてやりたかった。

リサもそれを求めているようだったが、善治郎はためらってしまった。抱きしめてしまえば、この素晴らしい光景をつぶさに拝めなくなってしまう。

上体を起こしたまま、リサの両膝をつかんで腰を使いはじめた。勃起しきった男根をゆっくり抜いていき、素早く入れ直す。出し入れを繰り返すほどに、肉棒には女の蜜がべっとりと付着し、妖しい光沢を放ちだす。リサの中はよく濡れて、粘りつくような肉ずれ音がたち、獣じみた匂いが立ちこめてくる。

「ああっ、いいっ！　気持ちいいっ……」

甘い声で媚《こ》びるように言うリサは、まるで地上に舞い降りてきた天使のようだった。この世のものとは思えないほど可愛らしく、口づけをしたくてたまらなくなる。善治郎の中で葛藤が起こる。抱きしめてキスをするべきか、もう少しこのままの体勢でいるべきか……。

善治郎が下した決断は、後者だった。

「はっ、はぁあああーっ！」

リサがひときわ甲高い悲鳴を放った。善治郎が右手の親指で肉芽をはじきはじめたからだった。悠然としたピッチで男根を抜き差ししながら、もっとも敏感な性愛器官をねちっこく刺激してやった。

肉芽が敏感なのはどの女にも言えるだろうが、リサの場合、飛び抜けてそこが感じるようだった。立ったままのクンニで、あっさりとイッてしまったのが、なによりの証拠だった。

彼女を抱きしめる前に、できることはすべてやっておこうと、善治郎は肉芽をいじりだしたのだった。その結果、容易には抱きしめられなくなった。

「はぁあああっ……ダッ、ダメッ……ダメですっ……そんなのダメッ……おかしくなっちゃううう～っ！」

リサのよがり方が、劇的に淫らになったからだった。美貌を真っ赤に燃えあがらせ、首に何本も筋を浮かべながら、豊満な乳房を揺らしている。頭の下にある枕を両手でつかんだ格好はどこまでも無防備で、そのくせ腰はいやらしいほどにくねっている。

やはり、肉芽は彼女の急所中の急所だったのだ。

「ああっ、やめてっ！　もう許してっ！」

すがるような眼を向けられても、善治郎は肉芽をいじるのをやめなかった。男根を抜き差しするピッチをじわじわあげて、モデル級のハーフ美女をどこまでも翻弄していく。

もっとよがれ、もっとよがれ、もっとよがれ……。

胸底で呪文のように唱えながらリサを責める自分が、自分ではないみたいだった。性交に癒やしではなく、万能感を求めていた。女を支配し、女の上に君臨したいと切に思った。それが男の本能と言われればそれまでだが、自分でも認めたくない凶暴ななにかがリサを責めさせる。乱れるリサにこれ以上ない眼福を味わいながら、力ずくで絶頂に導こうとしている。

「ああっ、ダメッ……ダメダメダメええええっ……」

リサがいまにも泣きだしそうな顔を向けてくる。

「イッ、イッちゃうっ……またイッちゃうっ……くうううっ……んんんっ……はっ、はぁあああああーっ！」

リサは両手を枕から離して、ジタバタと暴れだした。そこにいない男の体にしがみつこうとしているような、滑稽な動きを見せた。白い裸身が、呆れるほど痙攣していた。

衝撃的な光景だった。恥ずかしそうな顔をしながらも、リサの動きはとまらない。「あっ！」「はっ！」と声をあげながら、ダンスを踊るように、動いてはとまり、とまっては切迫した動きを見せる。のけぞりながら、体中を小刻みに震わせて、女の悦びをきっちりと嚙みしめる。ひどく恥ずかしそうな表情をしているのに、首から下は彼女の意思の力ではなく、快楽に取り憑かれてどこまでも淫らにくねっている。

善治郎は我慢できなくなった。

上体を覆い被せて抱きしめた。リサも抱きついてくる。まるで喜悦を逃さないように、すさまじい力でしがみついてくる。

「ああっ、すごいよっ……すごいいいいっ……」

善治郎は一瞬、気が遠くなりそうなほどの幸福感を覚えた。ひとりの女に、求められている実感があった。錯覚ではなく、リサの体は、少なくともその体だけは、間違いなく善治郎という獣の牡を求めていた。

「むううっ！」

善治郎は男根に力を込め、抜き差しを再開した。精力剤を飲んでいると、「男根に力を込める」ということが、若いころのようにできるのだった。自分より上背のあるリサの体を、しっかりと貫いている実感があった。ぐいぐいと腰を振りたてれば、リサは喜悦に歪んだ悲鳴をあげて、よがりによがった。

どうやら、一度や二度の絶頂で満足するような、そんな控え目な女ではないようだった。

善治郎は、あえいでいるリサの唇に唇を重ねた。リサがすぐに、唾液にまみれた舌を差しだしたので、じっくりと吸ってやった。そうしつつ乳房を揉みしだいてやれば、リサは全身をくねらせて歓喜を伝えていた。

彼女は発情していた。完全に発情しきって、訳がわからなくなっているようだった。あえぎながら、眼に涙をいっぱい溜めて見つめてきた。大粒の真珠のような発情の雫《しずく》を紅潮した頰に落とし、金色の髪を振り乱す。

「ああっ、いやっ……おかしくなるっ……おかしくなっちゃうっ……」

口走りつつ、下から腰を使ってきた。性器と性器の摩擦感が複雑になり、眼も眩むような快感が押し寄せてくる。密着感と一体感がどこまでも上昇していき、抜き差しのリズムに結ばれて、ふたつの体がひとつになっていく。

「まっ、またイクッ……またイッちゃいそうっ……」

リサが目尻を垂らしてきたので、善治郎はうなずいた。息をとめて、渾身のストロークを送りこんだ。

何度でもイケばいい。

イキたいだけイッてしまえばいい。

それこそが今日の自分の望みなのだとばかりに、善治郎はしたたかな連打をリサに打ちこんでいった。

第五章　ほろ苦き目覚め

1

さすがに羽目をはずしすぎた。

おのれの分《ぶん》を、これっぽっちもわきまえていなかった。

ぐるぐるまわる天井を見上げながら、善治郎は自分の愚かさを悔いていた。高熱で寝込んで今日で三日目。立てば眩暈《めまい》がするし、横になっていても咳がとまらず、シーツも枕カバーも汗まみれで、泣きたくなるほど気持ちが悪い。

これが独居老人の末路なのか、風邪だかインフルエンザだかわからないが、ゲホンゲホンと激しく咳きこんでいると、このまま死んでしまうのではないかという恐怖がこみあげてきて、目の前が暗くなっていく。

枕元には、命綱のように携帯電話が置かれていた。

しかし、家と店が一緒なので、安易に救急車を呼ぶことはためらわれた。けたたましいサイレンで、近所の注目を集めるのが嫌だった。

東京郊外で暮らしている息子たちにSOSを出す気には、もっとなれない。彼らには彼らの生活があるし、看病にやってくるのは、彼ら自身ではなく、嫁に違いないからだ。

遠路はるばる血の繋がっていない義父の看病をしにくるのなんて、誰だって嫌だろう。彼女たちに嫌な思いをさせるくらいなら、いっそこのまま天国で待っている妻の元に行ってしまいたい。

すべては自業自得だった。

『ブルータス』の田中に貰った精力増強剤の威力は本当に恐るべきもので、善治郎はリサを呼んだあの日、結局延長を二回も繰り返した。計三時間もハーフ美女を独占して、精根尽き果てるまでまぐわいつづけたのだった。

ホテルを出ると、観音裏の居酒屋で生ビールを飲んだ。もう死んでもいいと思ってしまうくらい旨かった。馬肉が名物の店だったので、生で喰らいながら芋焼酎をしこたま飲んだ。

本当に気分がよかった。

リサの抱き心地を、体がまだ覚えていた。彼女のことを思いだすと頬がゆるみ、鼻の下が伸びていくばかりだったから、うっかり善治郎の顔を見た店員や客は、さぞや気持ちの悪い思いをしたことだろう。

ポーカーフェイスのハーフ美女も、三時間も一緒にいるとさすがに打ち解けてくれた。いや、三時間で五回も六回も、あるいはそれ以上の絶頂に導いたのだから、心を許してくれるのも自然な成り行きだったに違いない。

善治郎が本所で豆腐屋を営んでいると言うと、

「本当ですか？　わたし、お豆腐が大好物なんです」

眼を丸くしてはしゃいだ声をあげた。

「食べるのももちろん好きなんですけどね、子供のころに思い出があるんですよ。わたしの田舎だと、お鍋を持ってお豆腐屋さんにお豆腐買いに行くんです。そのときの、なんとも言えない清潔な空気？　綺麗な水の匂いっていうか、あれがもう本当に大好きで、だからわたしの子供のころの夢はね、お豆腐屋さんのお嫁さんにしてもらうこと」

たとえお世辞でも、善治郎は満たされた気分になった。綺麗な顔をして嬉しいことを言ってくれる、と目頭が熱くなりそうだった。

酔うほどに、もしもリサのような女を娶《めと》っていたらどうなっていたのかという、愚にもつかないことまで妄想しはじめた。

なにしろあれだけの美人なので、看板娘になることは間違いない。豆腐という純和風の食品を扱っているのに、白人モデルのような女房が切り盛りしているというのも、ギャップがあって素晴らしい気がする。

体にぴったりとフィットするセクシーなワンピース姿しか見たことがないけれど、彼女ならきっとエプロンや割烹着《かっぽうぎ》も似合うだろう。昔は善治郎の店も、鍋を持って買いに来る客が多勢いたから、彼女のファンになった少年や青年が、鍋を持って行列をつくったかもしれない。

豆腐が大好物と言っていたので、食卓には冷や奴や肉豆腐や豆腐の味噌汁が並ぶはずだ。浅草では贅沢をしている善治郎だが、本当はそういう食事がいちばん好きなのだ。善治郎の母親は、おからを煮た料理が得意だった。リサも気に入ってくれるだろう。そして善治郎のためにつくってくれるだろう……。

バチがあたったのだ。

そんな馬鹿馬鹿しい妄想をしながら限度を超えて酒を飲みすぎたから、こんなことになってしまったのである。

千鳥足で家に帰ってくると、居間の座椅子に腰をおろすなり動けなくなった。面倒なのでその場で横になり、眠ってしまった。酒のせいで体が火照って暑かったのだろう、いつの間にか服を脱いで裸になっていた。窓が開けっ放しだったから、しばらく夜風に吹かれていた。眠りに落ちる瞬間は、気持ちがいいなと思っていた。

しかし、深夜に眼を覚ますとあきらかに体調が悪くなっていて、這うようにして寝室に行かなければならなかった。酒が抜けていくに従って、全身が痛みだした。精力増強剤のせいだった。あまりにイチモツが硬かったので、調子に乗っていろいろな体位を試したのだ。いつもはやらない体位で、いつもは使わない筋肉を使ったから、筋肉痛になってしまったのである。

これで天国に行っても、女房に説教されるだけだろうと思った。

いや、それどころか地獄に堕《お》ちるかもしれない。

女遊びは、天国の女房に叱られることを覚悟の上だったが、リサとの結婚を妄想してしまったのはひどすぎる。一瞬でも、リサのような美人と結婚しておけばよかったと思ってしまったのだから、女房に合わせる顔がない。

たしかに容姿では、女房はリサに劣る。けれども、よく働いて店を守りたて、決して笑顔は絶やさず、息子たちを立派に育ててあげてくれた。その女房さまを愚弄するようなことを考えては、バチがあたって当然だった。

しかし……。

そろそろ限界だった。善治郎はふうふうと息を荒らげながら、枕元の携帯電話に手を伸ばした。救急車か息子の嫁か、どちらかに助けを求めなければ、このままでは本当に死んでしまうかもしれない。

携帯電話の蓋を開いた。

電源が入らなかった。

充電が切れていた。

善治郎は汗まみれの顔に苦笑を浮かべた。

これも運命なのかもしれない。

きっとあの世で女房が呼んでいるのだろう――そう思いながら、すうっと意識を失っていった。

2

善治郎は子供のころ、健康だけが取り柄だった。

二十歳を過ぎるまで風邪ひとつひいたことがない――と言ったら少し大げさかもしれないが、控え目に言っても医者にかかった記憶がない。運動神経は人並み以下だったし、体力だって自慢できるほどあり余っていたわけではないけれど、病気で寝込んだことがほとんどなく、よく熱を出して学校を休んでいた級友のことを、こっそり羨ましいと思っていたくらいだった。

一度だけ例外がある。

若いころに、熱を出して三日間も寝込んでしまったのは、後にも先にもそのとき一度限りなはずだ。だから、長じてから風邪で寝込むようなことがあると、かならずそのときのことを思いだした。わざわざ思いださなくても、たいてい夢に出てきた。

十八歳だった。

昭和四十四年、人類が初めて月面着陸を成功させ、東大安田講堂に学生たちが立てこもり、連続ピストル魔が世間を震撼させた年であるが、高校三年生だった善治郎は、あんがいのほほんと暮らしていた。

宇宙は遠く、学生運動やピストル魔も同じくらい遠い存在だった。

高校を卒業したら豆腐屋修業に入ることを早くから決めていたので、人生最後の長い夏休みを運転免許を取るために費やすことにした。仕事に必要だからと、費用は父が出してくれた。

だがこれが、ひと筋縄ではいかなかった。教科も実習も意外なほど難しく、善治郎はひいひい言いながら教習所に通っていた。いまでもクルマの運転が大嫌いだが、向いていなかったのである。

そんな善治郎を不憫《ふびん》に思ったのだろう。岡野章造という三歳年長の友人が、夏山に誘ってくれた。いまはもう引っ越してしまったが、二軒隣にあった佃煮屋の倅《せがれ》で、近所のガキ大将的な存在だった。夏山といっても本格的な登山ではなく、奥多摩のバンガローに三泊四日。十名以上の大所帯で、ひと夏の思い出づくりをするらしい。

少し気張らしをしたほうがいいという家族の後押しもあり、善治郎はその旅行に連れていってもらうことにした。

参加者は岡野の同年代が多く、男女入り混じっていて、どういうわけか女子大生までいた。岡野は大学には進学せず、佃煮屋の跡取りとして家の仕事をしていたのだが、ジャズ喫茶などに出入りしている遊び人だったから、顔が広かったのだろう。

飯盒炊爨《はんごうすいさん》の道具の入った重いリュックを背負い、電車を乗り継いで奥多摩を目指した。電車を降りると、二時間以上延々と歩かされた。本格的な登山ではないと言っても、善治郎にとってはとんでもない苦行だった。バンガローに辿りついた段階で息も絶えだえ、これからオリエンテーリングに出かけると言われると卒倒しそうになり、熱を出して寝込んだ。

まったく、馬鹿みたいな話である。

後から考えれば、教習所通いのストレスが一気に噴出したのだと思うが、三泊四日の間、おとなしく布団に横になっていることしかできなかった。病院に担ぎこまれるほどではなく、実際、体温計で熱を測っても三十八度五分とかその程度だったのだが、なにしろそれまで熱など出したことがなかったものだから、激しく動揺してしまった。

そのとき、看病してくれたのが、徳永直美という女子大生だった。寝込んだ初日はかなり本気でうなされていたので、額に手のひらを載せて熱を測ってくれる彼女が、女神に見えた。女神の手のひらは、ひんやりして気持ちよかった。

「すいません。せっかくの旅行なのに……」

「いいの、いいの。わたしも山歩きをパスしたかったから、ちょうどよかった。綺麗な空気を吸いたくてきたのに、岡野くん、ちょっとスケジュールを詰めこみすぎよね」

直美は気さくな性格で、丸顔にえくぼが似合う愛嬌満点な容姿をしていたが、なにしろ女子大生だった。猫も杓子も大学に行く現在とは違い、昭和四十四年当時、大学生の数は多くなかった。しかも、女子大生となればかなり珍しい存在で、畏敬と羨望の対象だったと言っていい。

頭がいいんだろうな、と思った。いいところのお嬢さんに違いない、とも思った。そのくせ、高慢なところは少しもなく、額のタオルをこまめに替えてくれたり、おかゆをつくってくれたり、甲斐甲斐しく世話を焼いてくれた。

バンガローは間仕切りのない広々としたワンルームで、衝立《ついたて》を立てて男女ともそこで寝起きしていた。就寝直前はかなりにぎやかなものの、岡野率いる山遊び満喫派は、朝早くから出かけていって、夜遅くまで火を囲んでおしゃべりを楽しんでいた。

それゆえ、昼間はずっと、静まり返った広い空間で直美とふたりきりだった。慣れない熱に意識が朦朧とし、夢とうつつが曖昧な状態で、善治郎は気がつくと彼女のことを眺めていた。

直美はたいてい、少し離れた安楽椅子に腰掛けて、文庫本を読んでいた。顔立ちに愛嬌があっても、本を読んでいる表情は真剣そのもので、きりりと引き締まっていた。

格好はいつも、白いTシャツにジーパンで、Tシャツの裾をジーパンの中に入れていた。顔は丸いのに、脚は長かった。脚線美を誇るように、わざとぴったりしたジーパンを穿いているようだった。胸のふくらみやお尻は丸かった。熱にうなされているくせに、いや、だからかもしれないけれど、善治郎は彼女に異性を感じてしまい、ひとりでドキドキしていた。

善治郎は十八歳で童貞だった。

文通などの清い男女交際の経験さえなかった。

男子校に通っていたし、いまより遥かに貞操観念の強い時代だったから、異性の存在はある意味、宇宙や学生運動やピストル魔より遠かった。遠すぎて、意識することもないくらいだった。

しかし、興味がなかったわけではない。男に生まれてきた以上、女に興味がないはずがない。

直美と話してみたかった。寝込んで三日目ともなると、熱はほとんど下がって、体調もある程度回復していたのだが、直美とふたりになれる時間を失いたくなくて、布団の中から出なかったくらいだ。

とはいえ、いくら話をしたくても、きっかけが思いつかない。たとえば、「なんの本を読んでいるのですか？」と訊ねてみたとする。直美は快く作品名と著者名を教えてくれるに違いないが、善治郎は本をまったく読まないので、そこから先、会話がひろがっていきそうにない。「大学は面白いですか？」と訊ねても、大学に小指の先ほども興味がないのだから、訊ねるだけ失礼だろう。

本当に訊ねたいのは、「恋人はいるのですか？」ということだった。直美は岡野と同い年と言っていたから、当時二十一歳。女らしいのに清潔で、清潔なのになんとも言えない色香があった。たまに街ですれ違う、いかにも遊んでいそうなケバケバしい女とは人種が違った。

だが、それでは恋人は欲しくないのだろうか？　本を読んで知識を増やすことに夢中で、男女交際には興味がないのだろうか？

そんなことはないような気がした。たとえ彼女に興味がなくても、彼女に興味をもつ男は多いだろう。すこぶる美人とは言えなくても、気さくだし、やさしいし、頭がよさそうだし、そのうえ清潔な色香がある。普通に考えて、たくさんの異性から交際を申し込まれているに違いない。となれば、無関心ではいられないのでは……。

「ねえ、善治郎くん」

不意に声をかけられ、飛びあがりそうなほど驚いた。

「体、拭いてあげましょうか」

一瞬、なにを言われたのかわからなかった。

「昨日ね、女性軍があなたのことを噂してたのよ。ちょっと汗くさいって。汗かいてるのはみんな一緒だけど、善治郎くんはシャワーを浴びられないでしょう？　熱があるんだからしかたがないけど、やっぱりね……同じ部屋で寝起きしている人たちがいるわけだから、エチケットとして体くらいは拭いておいたほうがいいと思うの」

善治郎は顔が熱くなった。鏡を見れば、茹で蛸みたいに真っ赤になった自分と対面できたことだろう。

自分では気づかなかったけれど、三日も風呂に入っていなければ、なるほど汗くさいに違いない。それを女子にひそひそ噂されていたとは、穴があったら入りたいくらいの恥辱である。もちろん、直美も同じことを思っているのだろうし……。

いますぐシャワーでもなんでも浴びて、全身を洗い流したかった。もうほとんど平熱なので、それくらいしても大丈夫だろうと思った。

しかし……。

「いま、外の竈《かまど》でお湯沸かしてくるから」

バンガローを出ていく直美に、声はかけられなかった。病人のふりをしていれば、直美が体を拭いてくれるのだ。卑怯者の所業と自覚しつつも、不意に訪れた千載一遇の幸運を、どうしても逃すことができなかった。

3

「恥ずかしがらなくていいからね」

直美は湯に浸したタオルを絞りながら言った。

「うちには寝たきりのお祖父《じい》ちゃんがいるから、わたし、よく体を拭いてあげるの。慣れてるから、全然平気よ」

「はあ……」

善治郎は鼓動を激しく乱しつつも、それを必死に隠してTシャツを脱いだ。布団の上に座り、下半身にはタオルケットがかけられていた。それを強く握りしめてしまったのは、命綱のようなものだったからだ。直美が近くに来ただけで、いい匂いがした。まだ女を知らない男の器官が、いまにも反応してしまいそうだった。

直美が背中から体を拭いてくれる。慣れていると言うだけあって、テキパキと手際がいい。背中が終わったら、二の腕と腋窩だ。腋毛が恥ずかしかったが、直美の表情は変わらない。

だが、胸のあたりを拭いているうちに、ふと手がとまった。

「べつに、くさくなんかないのにね……」

首をかしげながら、つぶやくように言った。

「わたし、善治郎くんの汗の匂い、好きよ……男！　って感じがする」

「そっ、そうですか……」

「なにか運動はやってた？」

「いいえ……」

「わたしね、高校生のとき、剣道部のマネージャーだったの。道場の匂いが好きで……防具とか置いてる更衣室があるでしょ？　あそこの前を通ると、男くさい汗の匂いにいつもドキドキしてた……ちょっと変態っぽい？」

直美が茶目っ気たっぷりに舌を出した。

「いえ、べつに、そんなことは……」

彼女の言っていることは、善治郎にも心当たりがあった。

中学生のころ、友達の家に遊びにいったときのことだ。友達には姉がふたりいて、その部屋に漫画本を取りにいったことがある。姉はふたりとも不在だったのだが、友達は部屋に入るなり、「女くせえ」と鼻をつまんだ。たしかに、女きょうだいがいない善治郎には、嗅いだことがない匂いが充満していた。くさいとは思わなかった。いい匂いだとも思わなかったが、本能を鷲づかみにされる感覚があった。いまでもあの匂いを思いだすとドキドキする。

いや……。

そんな昔話より、目の前の直美である。どういうわけか、うっとりと眼を細めて、こちらを見ていた。えくぼも見せず、真剣な面持ちなのだが、本を読んでいるときとはまるで違って、気持ちをざわめかせる雰囲気がある。いや、気持ちだけではない。タオルケットに隠した部分が、熱く疼きだしてしまう。

「ねえ……」

「はい！」

善治郎は背筋を伸ばした。

「匂いを嗅いでもいいかしら？」

「ええっ？」

「善治郎くんの汗の匂い、嗅がしてもらっていい？」

「かっ、かまいませんけど……」

こわばった顔で答えると、直美は胸に顔を近づけてきた。そっと眼をつむり、くんくんと鼻を鳴らす。せつなげに眉根を寄せた表情が、息を呑むほど女を感じさせる。

直美はひとしきり匂いを嗅ぐと、パッと眼を開けて言った。

「善治郎くんって童貞？」

「えっ……」

善治郎は答えられなかった。なにも言えないことが答えになってしまった、という感じだった。

「そんなに赤くならなくてもいいじゃない？　べつに恥ずかしいことじゃないでしょ。わたしだってバージンだし」

堂々と言いつつも、直美の頬も赤くなっていく、

「だけど、興味はある……善治郎くんは？」

「そっ、そりゃあ……」

興味がないわけがない。だが、この状況である。息ができないほどの緊張に、顔はこわばっていくばかりである。

上半身裸の男の汗の匂いを嗅ぎながら、直美はいったいなにを言いだそうとしているのか。まさかこの場で、童貞と処女を一緒に捨てましょうというのか。そんな眼も眩むような幸運が、我が身に降りかかってこようとしているのか。

まだ太陽がいちばん高いところにある時間だった。窓から見える緑は鮮やかに輝き、蟬《せみ》の鳴き声がうるさかった。山に行った参加者たちは、当分帰ってきそうにない。

「見せてもらってもいい？」

「えっ……」

「そこ……見せてもらっても……」

直美が指差したのは、善治郎の股間だった。善治郎は思わず、タオルケットのかかったその部分を両手で隠した。

「見せてくれないの？」

直美の顔は、息のかかる距離にあった。しゃべると甘い吐息が鼻腔をくすぐり、善治郎の胸を激しく揺さぶる。

「やっぱり恥ずかしい？」

「いっ、いや、そのっ……」

気まずい沈黙があった。

善治郎の顔はこわばりきっていき、直美はふっと笑った。

「だよね。わたしばっかり見せてもらうんじゃ、不平等だよね。見せっこしようか。善治郎くんが見せてくれたら、わたしも見せてあげる」

「わっ、わたしもって……」

善治郎は、ごくりと生唾を呑みこんでしまった。直美は長い脚を強調するように、ぴったりしたジーパンを穿いていた。それを脱ぎ、下着まで脚から抜いて、見せてくれるというのだろうか。女の大切な部分を……。

現代の若者たちは、インターネットとやらを駆使して、誰でも手軽に女陰の写真を見ることができるらしい。しかし、善治郎の若いころはそうではなかった。昭和四十四年、童貞の男は女性器を想像することしかできなかったのである。

「どうする？　見せっこする？」

善治郎はうなずいた。ほとんど反射的に首を縦に振っていた。

「じゃあ、先に見せて……」

股間を見てくる直美の眼はねっとりと潤んで、善治郎は正視できなかった。愛嬌満点で親切で、真剣な面持ちで読書に耽っている女子大生から、別の生き物に豹変してしまったようだった。

善治郎は何度も息を呑みこんでから、震える手でタオルケットをどけた。ブリーフはもっこりとテントを張っていた。

「えっ……」

直美が眉をひそめる。

「そっ、そんなに大きくなってるの？」

「すっ、すいません……」

「謝ることじゃないけど……パンツもめくって」

「……はい」

善治郎はほとんど泣きそうだった。異性にイチモツを見せるのは初めてだったので、恥ずかしかった。だが、それだけが理由ではなく、訳がわからないくらい心が千々に乱れていて、感極まってしまいそうだったのである。

「ううう……」

うめきながらブリーフをめくり、そそり勃ったイチモツを露わにした。還暦を超えたいまとは違った。まだ女を知らない肉棒は、臍《へそ》に張りつきそうなほど反り返り、先端から涎のように大量の我慢汁を噴きこぼしていた。

直美は一瞬、絶句した。息を呑んで眼を見開き、しばらくの間、凍りついたように固まっていた。童貞が女性器を見られなかった当時、処女にも男性器を見る機会などなかったのである。

「こっ、こんな形してるんだ……」

直美はあきらかに、おぞましいものを見る眼つきをしていた。いまならば、その理由はよくわかる。彼女はその肉棒が、穢《けが》れを知らない自分の花を散らすことを想像していたのだ。

しかし、当時の善治郎はショックを受けた。自分の体の一部が、おぞましいものであると思われていることに傷ついた。

しかし……。

直美は変わった女だった。当時、女で大学に行っているくらいだから、人並みはずれて好奇心が旺盛だったのかもしれない。

「匂い、嗅いでみてもいい？」

「えええっ……」

善治郎は顔を歪めきった。

「やっ、やめたほうが……いいじゃないでしょうか……」

なにしろ三日間、風呂に入っていなかったのである。熱を出し、大量の汗をかいていたのである。女性陣にくさいと噂される恥辱を受けたこの体の中でも、そこはいちばんくさそうだった。自分で鼻を近づけて確認することはできないが、くさいに決まっている。

だが、直美は引きさがらない。

「ちょっとだけ……ちょっとならいいでしょ……」

四つん這いになり、髪を掻きあげながら、イチモツに顔を近づけてきた。くんくんと鼻を鳴らして匂いを嗅いだ。

善治郎は顔をくしゃくしゃにして、眼に涙を溜めた。ズキズキと熱い脈動を刻んでいるおのが男根のすぐ近くに、直美の顔があった。匂いを嗅いでは眼を丸くし、まじまじと見つめては匂いを嗅いできた。

くさくないのだろうか……。

善治郎の体は、小刻みに震えだしていた。恥辱のせいだけではなかった。耐えがたい衝動がこみあげてきて、理性を崩壊させてしまいそうだった。

性交がしたかった。

女が欲しいという切実な感情を、善治郎はこのとき、生まれて初めて味わっていた。なにもできなかったのは、経験が不足していたからだった。いや、衝動のまま、本能のままに振る舞うには、善治郎は小心者すぎたのである。

4

「それじゃあ……今度はわたしの番ね……」

直美は熱でもあるかのようなぼうっとした顔で立ちあがった。

「さっきも言った通り、わたしはバージンだから、誰にも見せたことがないの……でも、約束だから見せてあげる……約束を破るなんて、最低の人間がすることですものね……」

自分に言い聞かせるように言いながらも、直美の声は上ずっていた。見せたくないのだろうな、と善治郎は思った。そうであるなら約束を破ってもかまわないと、言ってやりたかった。直美のつらそうな顔を見ているのは、三日も看病してもらった者として忍びなかった。

だが、言えなかった。ジーパンを腰からずりおとした瞬間、白いパンティがチラリと見えた。すぐにTシャツの裾に隠れてしまったけれど、そうなると今度は、ボリューム満点な白い太腿に悩殺された。

もっと見たかった。

この機会を逃してしまえば、次に女性器を見るチャンスなど、いつ訪れるかわからない。一年後かもしれないし、二年後かもしれない。いや、十八歳の善治郎にとっては、男女交際なんて夢のまた夢、イッパシの職人になって所帯をもてる甲斐性がなければ無理だと思っていたので、五年も十年も先になるかもしれなかった。気が遠くなるほど遠い未来の話である。

直美がジーパンに続いて、パンティも脱いだ。股間も尻も、Tシャツの裾に隠されていた。

「やっぱり……すごい……恥ずかしいね……」

うつむいてもごもご言いながら、直美は床に腰をおろした。その手はTシャツの裾をしっかりと握りしめ、いたずらに股間が見えないよう細心の注意を払っていた。

座った状態で両脚をひろげていった。遠慮がちにひろげながら、Tシャツの裾をつかむ手を震わせる。

「ひとつ、約束してもらっていいかな？」

直美が言ってくる。平静を保とうとしているが、声が上ずり、息がはずんでいる。

「感想は言わないくていいから……」

善治郎は首をかしげた。

「変な形とか、変な色とか思っても、絶対に口に出さないで」

善治郎はうなずいた。うっかりそんなことを口走ってしまったら、たしかに女心をしたたかに傷つけてしまいそうだ。

「じゃあ……いくわよ」

直美が上眼遣いでこちらを見てくる。善治郎も見つめ返す。お互いに息を呑んでいる。直美がゆっくりと、Tシャツの裾をつかんだ手をあげていく。むっちりした太腿の色が、まぶしいほどに白い。

最初に見えたのは、毛だった。影かと思ったが繊毛で、女の花を覆い隠すように生えていた。毛が多すぎて、女の花はよく見えなかった。後から思い返しても、彼女ほどの剛毛を善治郎は他に知らない。

ただ、眼を凝らしてよく見ると、それらしきものはあった。アーモンドピンク色のものが、ヌメヌメした光沢を放っていた。その近くにいくほど繊毛は濡れて、湿地帯になっているようだった。

しかし、見れば見るほど、形が曖昧でよくわからない。これが、すべての男を夢中にさせる女性器なのか、と思った。落胆したと言ってもいい。それでも、どういうわけか心臓は激しく早鐘を打ち、息がはずんでくる。見てはいけないものを見ている、という実感がある。

「あっ、あのう……」

善治郎が恐るおそる声をかけると、

「なにっ！」

直美が尖った声を返してきた。

「にっ、匂いを嗅いでみても……いいでしょうか？」

「いっ、いやよっ！」

直美は反射的に首を横に振ったが、すぐにハッとして言い添えた。

「……わたしも嗅いだから、嗅ぎたいわけ？」

「……はい」

善治郎はうなずいた。本当は、匂いを嗅ぎたいというより、もっと側でよく見たかったのだが……。

「わかった……おあいこなら、しかたがないわね……」

直美はプライドの高い女だった。というより、彼女は女子大生で、三つも年上だった。対する善治郎は高校生だから、ズルをするのが嫌だったのだろう。

直美が近づいてきてくれたので、善治郎は布団の上で四つん這いになった。その体勢で股間に顔を近づけていったのだが、位置が合わず、腹這いになった。

「ぐっ……」

次の瞬間、声をあげてしまいそうになった。イチモツは激しく勃起しきっていた。それが自分の体と布団に挟まれた衝撃に、眼を白黒させた。

「……どうかした？」

直美が心配そうに声をかけてくれたが、

「大丈夫です」

善治郎はひきつった笑顔で言った。さぞや気持ちの悪い顔をしていたことだろう。しかし、そんなことにかまっている暇はなかった。黒々と茂った草むらに顔を近づけ、繊毛の奥を凝視した。やはり、よくわからない。しかし、匂いがすごい。いつか友達の姉の部屋で嗅いだ匂いより、もっと濃厚で獣《けもの》じみた匂いがした。匂いだけではなく、むんむんとした熱気まで放たれていた。

本能を揺さぶられた。

直美に、ほんの少しでいいから毛をよけてくれないかと言いたかった。しかし、言葉が出てこない。代わりに、体が動いてしまう。気がつけば、尺取り虫のように腰を動かし、イチモツを布団に押しつけていた。

「なっ、なにをしてるの？」

直美が驚いた声をあげた。

「えっ？　ええええっ……」

善治郎は泣き笑いのような顔になった。自分の体を、自分で制御できなくなっていた。イチモツを布団に押しつけるほどに、気が遠くなるような快感が訪れ、それが欲しくて腰が動く。鼻先では、生まれて初めて嗅ぐ女陰の匂いが揺れている。ハアハアと息をはずませれば、自分の息が黒々した湿地帯にあたり、跳ね返って鼻先に戻ってくる。

「すごい苦しそうよ、大丈夫なの？」

直美は本気で心配してくれていた。そして焦っていた。発作でも起こしたと思ったのだろう。顔を真っ赤にして息をはずませ、訳のわからない動きをしているのだから、それも当然だった。

たしかに発作だったが、病気ではなかった。むしろ十八歳の男子としては健康の証拠なわけだが、いくら頭のいい女子大生でも、処女の二十一歳にはそんなことがわかるはずがない。

「ねえちょっと、大丈夫なの？　善治郎くんっ！」

直美は善治郎の腕を取り、体をあお向けにした。股間の刺激を取りあげられた善治郎は、やるせなさに顔をくしゃくしゃにした。ほとんど呆然自失となり、まともなことはなにも考えられなかった。

「ねえ、善治郎くん、体が震えてるよ！　ぶるぶるしてるよ！」

「くっ、苦しいっ……」

「えっ？　苦しいの？　どっかさする？」

「ううう……うううう……」

善治郎は真っ赤な顔で身をよじりながら、自分の股間を指差した。

「そこが苦しいの？　どうすればいい？　お水で冷やす？」

「……にっ、握って」

「ええっ？」

「握って……ぎゅっと……」

「……こう？」

直美がおずおずと右手を伸ばしてくる。はちきれんばかりに膨張し、釣りあげられたばかりの魚のようにビクビクしている肉棒を、ぎゅっと握りしめてくれる。

「おおおうっ！」

善治郎はのけぞって声をあげた。広々としたバンガロー中に響く、大音量の雄叫びをあげて身をよじった。

「しっ、しごいてっ！　しごいてっ！」

「こう？　こうなの？」

善治郎も我を失っていたが、おそらく直美もそうだった。心臓マッサージでもするような表情で、勃起しきった男根をしごいてきた。手つきにいやらしさは微塵《みじん》もなかったが、善治郎は生まれて初めて異性の手で男の器官をしごかれたのだった。

女の手は、細くて繊細で柔らかくて、ひんやりしていた。対する肉棒はどこまでも硬く、熱くなっていく。ズキズキと脈を刻み、爆発に向かって一目散に走りだす。

「ねえ、善治郎くんっ！　なんか出てきた。先っぽから、なんか出てきたっ！　大丈夫？」

言いつつも、直美は必死に肉棒をしごく。善治郎はもう、真っ赤になってのたうちまわることしかできない。

「おおおおおっ……おおおおっ……おおおおううううーっ！」

先ほどに倍する雄叫びをあげ、総身を海老《えび》反《ぞ》らせた。次の瞬間、下半身で爆発が起こった。そうとしか言いようがない衝撃が訪れたかと思うと、煮えたぎるような欲望のエキスが噴射された。それは文字通りの噴射で、粘っこい白濁液が、直美の顔の遥か上まで飛んでいったのだった。

「きゃあああっ！」

直美は悲鳴をあげ、尻餅をついた。それでも男根から手を離さないでいてくれたので、ドクンッ、ドクンッ、と射精は続いた。

このときの爆発的な快感を、善治郎は四十八年経ったいまも、鮮明に覚えている。あまりの快感に頭の中が真っ白になるという経験をしたのも初めてなら、全身をあれほど激しく震わせたのも初めてだった。

しかし、もちろん……。

事後の気まずさは尋常ではなく、直美は二度と口をきいてくれなくなった。眼さえ合わせてくれなかった。東京に戻った別れ際に、看病してもらったお礼を言っても無視された。

青春時代の苦い思い出である。

善治郎は汚してしまったバンガローの床をひとりで掃除しながら、心の中で何度も何度も直美に詫びていた。と同時に、感謝をしていた。

騙したみたいで申し訳なかったけれど、自分は一生、このことを忘れないだろうと思った。童貞喪失はまだちょっと先の話になるのだが、それに匹敵するくらいインパクトのある経験だった。

そして実際、忘れていない。

熱を出して寝込むたびに、直美のことを思いだす。

三日間、甲斐甲斐しく看病してもらったこと、童貞と処女で性器を見せあったこと、そしてなにより、善治郎が射精に至ったときの、眼を真ん丸に見開いて悲鳴をあげた顔……。

なにもかも覚えている……。

死ぬまで決して忘れない……。

5

ぼんやりした視界の中に、女の姿があった。

額に手のひらを載せて熱を測ってきた。

ひんやりした手のひらの感触が、夢とうつつの境界にいた善治郎の意識を覚醒させた。女はひどく心配そうな表情で、こちらをのぞきこんでいた。

「なっ、直美さんっ……」

思わず口走ると、

「あら」

女は安堵の溜息とともに笑った。

「直美さんって誰かしら？　亡くなった奥さま？」

直美の声にしては、やけに艶っぽかった。間違っても、二十一歳の女子大生ではない。次第に、ぼんやりしていた視界が輪郭を結んできた。女と眼が合った。

聡子だった。

善治郎にソープ遊びのイロハを教えてくれたソープ嬢である。

「どっ、どうしてっ……」

なぜ自宅にソープ嬢がいるのか、混乱する善治郎の額に、聡子は冷やしタオルを載せてくれた。

「なんとなく虫の知らせがあったのよ。ここんとこご無沙汰だったし、一度善さんのお豆腐を食べてみたかったから、来てみたわけ。そしたら、お店が閉まってるじゃない？　通りがかりの人に聞いたら、二、三日前から休んでるっていうから……悪いと思ったけど、勝手口から入ってみたの。鍵も開いてたし……そうしたら善さん、すごい汗かいてゲホンゲホン咳してて……驚いたわよ。枕元に携帯があるのに、どうして誰も呼ばなかったの？　まあ、救急車を呼んで大事《おおごと》にするのも嫌なんだろうなって思って、着替えさせて、シーツ替えて、大変だったんですからね……」

善治郎には、まったく記憶がなかった。しかし、たしかにTシャツもシーツも替えられていた。まっさらの新品だったから、どこかで買ってきてくれたのだろう。他人の家では、下着やシーツがしまっている場所などわからない。

「もっ、申し訳ない……」

善治郎は掠れた声で言った。

「息子のところに電話をしようとしたんだが、携帯の電池が切れてて……」

「あら、やだ。じゃあ、充電しておきますね。ついでにわたしの電話番号も登録しておきますから、なにかあったら電話して。ひとり暮らしなんだから、意地張ってると死んじゃうわよ」

聡子は笑って言うと、台所でおかゆをつくってきて食べさせてくれた。食欲などまったくなかったが、三日ぶりの食事だった。食べなければ回復しないと、必死に咀嚼し、嚥下《えんか》した。

食後に解熱剤を飲み、そのまま眠りについた。解熱剤もまた、聡子が買ってきてくれたもののようだった。この恩は何倍にもして返さないと申し訳が立たないぞ、と眠りに落ちる間際、善治郎は自分に言い聞かせていた。


夜中にトイレで目覚めると、聡子はいなくなっていた。

しかし、次に眼を覚ました朝には、台所で人の気配がした。エプロン姿の聡子が、食事を運んできてくれた。今度は白いおかゆではなく、具の入った雑炊だった。薬が効いたのか、新品のTシャツとシーツのおかげでよく眠れたからか、食欲が多少は戻っていた。

「本当にすまん。なにからなにまで……」

「いいのよ、気にしないで」

「そのへんに脱いであったジャケットの内ポケットに、財布が入ってるはずだ。かかったお金は払うから……」

「いいんだってば、このくらい。善さん、大事なお客さんなんだから」

聡子は決して金を受けとろうとせず、次の日も、そのまた次の日もやってきてくれ、甲斐甲斐しく世話を焼いてくれた。

不思議な感じだった。

聡子にとって善治郎は、たしかに客だ。しかし、聡子はソープ嬢だから、肉体関係がある。金銭のやりとりはあるけれど、情を通じている。そのせいで、自然に世話を受け入れられた。あるいは彼女の人柄なのかもしれないが、息子の嫁であれば、こうはいかなかっただろう。もっと緊張し、恐縮して、ゆっくり休んでいることもできず、早々に仕事に戻ろうとしたに違いない。


聡子が働いているソープランドは正午が口開けなので、彼女がやってくるのは午前中だった。近所にあるスーパーが午前九時からなので、そこで買い物をしてからやってきて、食事の準備をしてくれる。

彼女の看病を受けて四、五日が過ぎると、善治郎はすっかり回復した。

朝起きた瞬間、これはいける、と思い、実際、体温計で熱を測ると平熱に戻っていた。台風一過のようなものだろうか、妙にすがすがしい気分であり、体が軽かった。

となると、まずは風呂に入りたい。江戸っ子の悪癖、烏《からす》の行水じゃまずかろうが、ぬるめのお湯にゆっくり浸かれば大丈夫だろう。早速、風呂場に行って浴槽に水を張り、湯を沸かすスイッチを入れる。

Tシャツをつまんで、匂いを嗅いだ。自分ではよくわからないが、なにしろ一週間も風呂に入っていないのだから、相当に汗くさいはずだった。聡子が来てくれるようになってから、いちおう日に二回は着替えているものの、体までは拭いてもらっていない。

湯が沸くのを待つ時間が、じれったかった。現在、午前八時三十分。聡子がやってくるのは、だいたい九時三十分くらいだった。のんびり長湯を決めこんでも、一時間もあれば充分だろう。

今日は清潔な体で、気分よく朝食をとりたい。居間の雨戸を開けると、太陽の光がまぶしく差しこんできた。どうやら、善治郎が寝込んでいるうちに、梅雨が明けたらしい。食事を終えたら、聡子を誘って散歩に出てみようか。

ようやく風呂が沸いた。散歩コースをあれこれ考えながら、脱衣所で服を脱いでいると、

「あら」

勝手口を開けた聡子と眼が合った。勝手口の正面が脱衣所だった。善治郎はすでに全裸だったので、驚いて風呂場に逃げこんだ。

「お風呂に入るんですか？」

聡子が引き戸を開けてのぞきこんでくる。

「そうだよ。今日はずいぶん早いんだね」

善治郎は背中を向けて答えた。

「食材が揃ってるから、お買い物しなくてよかったんです。でも、善さん、水くさい」

「えっ？　なにが？」

「お風呂に入るなら、わたしを待っててくれればよかったじゃないですか」

「いや、もう風呂ぐらいひとりで入れるさ」

「本当？　病みあがりなんですよ。自分のお年を考えて。お風呂でポックリ逝《い》かれたら、わたし、どうしていいか……」

「いやいや、大丈夫だから……」

善治郎は桶で浴槽の湯をすくい、体にかけた。

「あちいっ！」

「ほらほら……」

聡子が忍び笑いをもらしながら服を脱ぐ。瞬く間に全裸になると、長い髪をアップにまとめて、風呂場に入ってきてしまう。

「久しぶりだから、勝手がわからなくなっちゃったんでしょ。まず混ぜないと、お風呂のお湯は上のほうが熱いから」

善治郎が放りだした桶を取り、浴槽の湯を混ぜた。

「面目ない……」

言いつつも、ごくりと生唾を呑みこんでしまう。聡子はソープランドで部屋を暗くする。善治郎の家の風呂場には窓がある。こんなに明るいところで彼女の裸を見るのは初めてである。

色っぽいヌードだった。色が白く、脂がのって、いかにも熟女の風情である。見ていると、ついつい抱き心地まで思いだしてしまいそうになる。

「ほら、早く座って」

聡子にうながされ、善治郎は椅子に腰をおろした。当たり前だが、ソープランドにあるスケベ椅子ではない。浴室は明るいけれど、ソープに比べればずっと狭く、生活感が漂っている。

「どうしたんですか？」

むっつりと押し黙っている善治郎を見て、聡子が笑う。

「初めてじゃないでしょ、裸の付き合い」

「まあ、そうだが……」

場所が変われば、気分が変わる。善治郎がむっつりしているのは、はっきり言って照れ隠しである。

「それじゃあ、こっち向いてもらえますか？」

背中のシャボンをシャワーで流し、聡子が言った。

「ここ狭いから、わたしが前にまわれないでしょ」

「いや、まあ……そうなんだけど……」

善治郎はしきりに照れながら、聡子の方に向き直った。前くらい自分で洗えると思ったが、もはや抵抗する気力がなくなっていた。ソープでされれば三万円もするサービスだった。看病をしてもらった分も含め、あとでいくらか包んで渡さなければ立場がないと思った。

「むううっ……」

ボディソープでヌルヌルになった手が、胸から下半身に這ってくる。イチモツを、いやらしい手つきで洗われる。やはり、聡子はプロである。バージンの直美とは、指の動きが全然違う。

「まっ、まずいよ……」

カリのくびれを執拗に撫でられると、善治郎の呼吸は荒くなっていった。

「そんなにされたら、反応しちゃうじゃないか……」

「いいじゃないですか」

聡子が笑う。妖艶な笑顔に、善治郎は息を呑む。

「大きくなったら、わたしが責任もちますから……」

「いやいや……」

善治郎は泣き笑いのような顔で首を振った。

「こっちは病みあがりなんだ。さすがにそういうことは……」

しかも、寝込んだ原因が、女遊びで羽目をはずしすぎたからなのである。善治郎は猛省し、自分に罰を与えるため、当分の間、酒と女遊びを自粛するつもりでいた。

とはいえ、聡子にやめる気配はない。百戦錬磨のソープ嬢の指使いに、病みあがりのイチモツも反応し、むくむくと大きくなっていく。

「いや、まずい……まずいから……」

善治郎は顔を燃えるように熱くし、首に何本も筋を浮かべた。イチモツが大きくなれば、欲望もこみあげてくる。椅子に座りながら身をよじり、額にじっとりと汗を浮かべる。

　聡子は善治郎の欲望を見透かしたように、肉棒についたボディソープをシャワーで流し、四つん這いになった。ためらうことなく、男の器官を口唇に咥えこんだ。

「おおおっ……」

　善治郎はのけぞって天を仰いだ。ヌルリ、ヌルリ、と聡子の唇がスライドする。生温かい舌が口内で蠢き、亀頭にからみついてくる。

「気持ちいい？」

　聡子が甘い声で訊ねてくる。しかし、訊ねながら根元をすりすりとしごいているので、善治郎は言葉を返せず身悶えるばかりだ。

「ふふっ、なんだかいつもより硬くなってるみたい」

　自分ではよくわからなかった。そう言われればそんな気もするが、なにしろ前回女を抱いたときは、精力増強剤を服用し、硬さも反り具合も若い時分に戻ったみたいだったのだ。あのときに比べれば……。

「あんまり硬いから、わたしも欲しくなってきちゃったな」

「そっ、それはっ……」

　善治郎が焦った顔を向けると、

「冗談よ」

聡子は悪戯っぽく笑い、亀頭をペロペロと舐めまわした。

「さすがにエッチまではまだ無理よね。でもいいの。全快のお祝いに、わたしがおしゃぶりしてあげたかっただけなの。出そうになったら、お口の中に出してもいいからね。わたし飲んであげる……出るとき思いきり吸ってあげる……だから、たくさん出して、善さん……」

「おおおっ……おおおおっ……」

善治郎は声をもらしながら、恥ずかしいほど身をよじった。いままで十回以上、吉原で聡子にあがっているけれど、そのうち半分ほどは、射精を口内で受けとめてもらっている。

聡子は口腔奉仕がすこぶる上手い。

密かに「回春フェラ」と名付けているほどたまらない。

唾液の分泌量が多く、生温かい口内の感触は蕩《とろ》けるようで、しゃぶられればしゃぶられるほど男根は芯から硬くなっていく。舌はよく吸いつき、からみつくようでもあり、一度舐められれば、決して忘れられない愉悦がある。

だが、いいのだろうか？

ここは吉原でもなければ、ソープランドでもない。金も払わずに、磨き抜かれた聡子の口腔奉仕で気持ちよくなってしまって、本当に……。

とはいえ、そんなことを考えていられたのは束《つか》の間《ま》のことだった。

聡子の舌と唇は、やがて本格的な仕事を開始し、善治郎は翻弄されるばかりになった。

まだ湯船にも浸かっていないのに全身から汗を流し、聡子の繰りだす七色の技巧に溺れた。

まったく、絶妙としか言い様がない。

ハアハアと息をはずませながら、足元で四つん這いになっている聡子を見た。いい女だと思った。これほどの女に尽くしてもらえる自分は、なんという果報者なのだろう――胸を熱くしながら、善治郎は射精の前兆にぶるっと震えた。

第六章　嵐の夜

1

夏の盛りがやってきた。

軒先にぶらさげた風鈴《ふうりん》の音が耳に心地よく、その下では朝顔が綺麗な花を咲かせている。あとは金魚にスイカでもあれば、いかにも下町の夏という風情になるだろう。息子たちが小さかったころは、縁日ですくってきた金魚を金魚鉢に入れ、なにかと言えば女房がスイカを切っていたものだが、最近はとんとご無沙汰している。

善治郎はすっかり元気を取り戻していた。

朝四時に起きて豆腐をつくり、作業を終えた昼下がりには隅田公園でウォーキングという日課もこなしている。

週に一度、店が休みの日曜日、浅草に行って昼酒と女遊びを楽しむ習慣だけは、熱を出して寝込んで以来、休止中だった。といっても、反省による自粛というわけではなく、いささか複雑な事情があった。

聡子である。

看病してもらったのをきっかけに、三日にあげず善治郎の家を訪ねてくるようになったのだ。

「やっぱり、年配の男のひとり暮らしは心配よ。息子さんたちも遠くに住んでちゃ、お嫁さんもあてにできないものねえ。わたしのことなら気にしないで。こう見えて、家事は好きだし、得意だから」

そういって、炊事、洗濯、掃除をこなし、冷蔵庫につくり置きのおかずまで入れておいてくれるのだ。ありがたい話だったが、さすがに恐縮した。謝礼を渡そうとしても受けとろうとしないので、なおさら困り果てた。

とはいえ、女が家に通ってくれることで、単調だった平日の生活に彩りが出た。まるでモノクロ映画から総天然色に変わったようだった。

自分ひとりなら佃煮に茶漬けですませる食事も、聡子がつくってくれれば、焼き魚に野菜の煮物に漬け物までついて、つくりたての香ばしい味噌汁とともに銀シャリをむさぼれる。

休日には、聡子を伴って日本橋や銀座に出かけた。有り体に言えば、デートだった。わざわざ遠くまで足を延ばしたのは、浅草ではお互いの知りあいとばったり顔を合わせる可能性があるからだった。とくに聡子は、吉原のソープ嬢である。男に夢を与える泡姫である。冴えない男と歩いているところを見られてしまっては、客の夢を壊してしまうことになる。

悪くない生活だった。

聡子が泊まっていけば、同じ布団で眠りについた。眠りにつく前に、しっぽりと体を重ねた。ソープランドの個室でするのとは、お互いにどこか違った。刹那の愉悦や癒やしだけではなく、情が通いつつあった。

よろしくないことだった。

善治郎が女遊びに求めていたのは、老いらくの恋ではなかった。

聡子の柔肌に顔をうずめ、至福の時間を過ごしていても、背中には恐怖が張りついていた。別れられなくなるのではないかという恐怖だった。聡子が家に通ってくれるようになって一カ月で、すでにその暮らしは肌に馴染みつつあった。またひとりの生活に戻ると思うと、淋しくてやりきれなくなった。

しかし、いつまでもこんな生活を続けていていいはずがない。

「なあ、善さん。最近、善さんのところに、ちょいと色っぽい女が出入りしているだろう？

ありゃあ誰だい？」

近所の人間にそんなことを言われるたびに、

「ああ……遠縁の人でね。独居老人を心配して、ときどき家事をしに来てくれるんだ。こないだ風邪ひいて寝込んだから、心配されてね」

善治郎は呑気な顔で答えつつも、内心で震えあがっていた。善治郎には、家事をしに来てくれるような遠縁の人などいない。もし息子たちの耳に入ったら、眉をひそめられるに決まっている。謎の女の正体は誰なんだと、事実を確かめにわざわざやってくるかもしれない。

そうなったときのことを考えると、生きた心地がしなかった。

本当のことは、もちろん言えない。破天荒で鳴らした落語家ではないのだから、実は仲のいいソープ嬢なんだ、と笑い飛ばせるわけがない。

それでは、恋仲の女ということになるのだろうか？

聡子の職業を隠し、真面目にお付き合いしているのだと言ったとしたら、息子たちはいったいどんな顔をするだろう？

想像してみるまでもなかった。「父さん、正気に戻ってくれ」と言われるだけに決まっている。直情型の次男などは、あまりに情けない親父の有様に、涙を流して責めたててくるかもしれない。

勘弁してほしかった。

晩節を汚すとはまさにこのこと、隠居をしてもいいような年になって、女性問題で子供たちに心配をかけるようなことになったら、生き恥をさらすようなものである。なによりも、天国にいる女房に申し訳が立たない。

別れなければならなかった。

疑う余地のない、それが結論だった。

一日別れが延びるたびに、別れがつらくなる……。

それもわかっている。

だが、聡子がやさしい女なだけに、切りだすきっかけがつかめない。親切な人にありがた迷惑を伝えることほど、この世で苦しいことはない。それもただの親切ではない。お金も払わずに抱いている。あれだけ楽しみにしていた週に一度の女遊びを忘れてしまうくらい、聡子は善治郎を満たしてくれている。

「……ふうっ」

深い溜息をついて丸椅子に腰をおろした。店番をしていても、溜息ばかりついている。

キキーッと音を鳴らして、店の前で自転車が停まった。どうやら客らしい。ハンドルが下を向いたロードサイクルに乗り、格好も競輪選手のようなカラフルな半袖半ズボンで、それっぽい帽子を被ってサングラスをかけていた。

昨今流行のスタイルである。十年ほど前からだろうか、本所あたりでも、そういう格好をしている自転車愛好家をよく見かけるようになった。健康と節約のため、自転車通勤が増えているらしい。大いにけっこうなことだが、豆腐を買いに来る格好としてはいかがなものか……。

「こんにちは」

サングラスをしていたので性別がわからなかったが、声が女だった。女にしては背が高い。自転車を降りると、スタイルがよくて手脚が長く、モデルのような体型をしていた。

「あれ？　忘れられちゃいました？」

女はサングラスを取った。彫りの深い、美しい眼鼻立ちをしていた。日本人とは違う、白人のような……。

「……リサちゃん？」

善治郎が恐る恐る言うと、

「よかった。覚えていてくれて」

リサは胸の前で両手を合わせ、満面の笑みを浮かべた。ラブホテルで会ったときと印象が違うのは、金髪が帽子に隠れているからだった。化粧も薄い。ほとんどすっぴんかもしれない。色気がない代わりに健康的で、ずいぶんと若く見える。

「どうしたんだい？　いったい……」

「やだ、もう。忘れてる。わたし、お豆腐が大好物だから、いつか買いにいくって約束したじゃないですか」

「いや、まあ、それは覚えてるけど……」

娼婦と客のピロートークだ。額面通り受けとるほうがどうかしている。実際、本所で豆腐屋をしている話をすると食べてみたいとよく言われるけれど、本当にやってきたのは彼女で二人目だった。

「近所に住んでるのかい？」

「近所っていうか、自転車で一時間くらい」

ということは、往復二時間。健脚に舌を巻くと同時に、不安になった。おいしい豆腐を食べたいなら、なるべく動かさないほうがいいのだ。一時間も自転車に揺られて帰って、大丈夫だろうか。

「ここ、有名なお店なんですね。駅前で訊いたら、すぐわかりました」

「昔ながらの豆腐屋なんて、ここらじゃもううちくらいだからねえ」

「わたし、木綿も好きだけど絹も好き」

「一丁ずつでいいかい？」

「でも、いちばん好きなのはお豆腐屋さんの匂い。ちょっと中に入ってもいいですか？」

「ああ、かまわないよ」

引き戸を開けて中に通しつつも、善治郎はなんだか夢を見ているようだった。ひと月前、善治郎はたしかに彼女を抱いた。延長を繰り返し計三時間、精根尽き果てるまでまぐわったことが信じられない。

「ああ、いい匂い……」

眼をつぶり、深呼吸を始めたリサは、やはり美しかった。背が高く、派手なサイクリングスーツを着ているから、一瞬男か女かわからなかったけれど、近くで見るとやはり女である。それもとびきりの。

光沢のあるぴったりした服の素材が、バストやヒップの丸いラインを露わにしていた。薄暗い店内が、彼女が入ってきたことでにわかに明るく感じられた。

「ねえ、善さん」

「んっ？」

「本当は今日ね、お礼を言いにきたの」

「なんだい、藪から棒に」

「なんていうか、わたし、ああいう仕事、あんまり好きじゃなかったの。好きじゃないっていうか、馬鹿にしてた……でも、善さんについたとき、何度も何度もイカされて……すごい気持ちよくて……考え方を改めたの。馬鹿にしないで、きちんとお客さんにサービスしようって。お客さんにも、いっぱい気持ちよくなってもらいたいって……」

「それは……まあ……よかったじゃないか……」

善治郎はしどろもどろに口ごもった。彼女の心境の変化の裏に、精力増強剤の存在があったなんて、とても言えなかった。

「本当に気持ちよかったよ」

リサが身を寄せてくる。化粧っ気のない顔が、にわかにねっとりと紅潮してくる。

「あんなにイカされちゃったの、善さんが初めて……」

「そっ、そう……」

「お爺ちゃんなのに、すごい」

「お爺ちゃんはひどいぞ」

善治郎は苦笑した。

「また指名してくださいよ。わたし、待ってる」

「ああ……」

善治郎はうなずいた。

「ホント？　嘘じゃない？」

「でも、この前みたいにはいかないと思うよ。あれはまぐれみたいなものだから、いつもはもっと情けないいんだ。年相応に」

「嘘ばっかり」

リサがうりうりと肘で脇腹をつついてくる。

「あれがまぐれなら、わたしたち、よっぽど相性がいいってことね。善さんも気持ちよかった？」

「もちろん。いままでで二回も延長したのは初めてだ」

「じゃあ、絶対ね」

「そうだね……よし、豆腐を切ろう」

善治郎は冷却水槽に浸かった豆腐を切り、木綿と絹を一丁ずつ包んだ。嘘をついて胸が痛かった。おそらく、ラブホテルでリサを呼ぶことはもう二度とない。彼女が悪いわけではない。高嶺《たかね》の花すぎて、精力剤でも飲まなければ渡りあえる気がしないからだ。

「ホントはお鍋で買いにきたかったたな」

リサが言い、

「自転車じゃ無理だろう」

眼を見合わせて笑った。名残惜しかったが、引き留める口実もない。ふたりで店を出た。自転車にまたがったリサに、善治郎は豆腐の入ったビニール袋を渡した。

そのとき……。

「あら、いらっしゃい」

買い物から帰ってきた聡子が、リサに笑いかけながらそそくさと店へ入っていった。リサの顔がこわばった。妙な感じだった。

「いまの人は……奥さん？」

「いやいや、女房はもう十年も前に亡くなってるよ。あの人はその……遠縁の人でね……たまに家事をしに来てくれるんだ」

「……そう」

リサはなにか言いたげな顔をしていたが、「じゃあ」と言って自転車を漕ぎだした。善治郎は店の前に立って、後ろ姿を見送っていた。

もう一度抱きたいのは山々だったが、あの精力剤だけは二度と飲まないと決めたのだ。精力剤抜きでは、おそらく彼女に失望されるだろう。失望されるくらいなら、抱かないほうがいい。せっかくのいい思い出を台無しにしたくない。

「……んっ？」

見えなくなるまで見送っているつもりだったが、リサの自転車は途中で停まった。こちらを振り返り、Uターンして戻ってきた。

「ねえ善さん。やっぱりちょっといいかな。話がある」

ひどく切羽つまった表情で見つめられ、善治郎は息を呑んだ。

2

ふたりで隅田公園を散歩した。

陽射しがまぶしく、蒸し暑かった。春になれば見事な花が咲く桜並木には緑の葉が鬱蒼と茂り、木陰をつくってくれているのがありがたかった。

リサは自転車を押し、善治郎はウォーキングのスタイルに着替えていた。店番を聡子に頼むのに、そのほうが都合がよかったからだ。しかし、同じようにスポーティな格好をしていても、若くて美人で垢《あか》抜《ぬ》けているリサと並んで歩くのは気恥ずかしかった。これじゃあ父と娘どころか、祖父さんと孫である。

「いったい、どうしたんだい？　深刻な顔して」

「怒らないで聞いてくれます？」

「ハハッ、大丈夫だよ」

「わたし……さっきの女の人、知ってる」

「えっ？」

「前に新宿のデリで働いてたとき、一緒だった」

間があった。

「人違いじゃないか。だって向こうは……」

「あの人が気づかなかったのは、わたしがこんな格好で帽子被ってるからじゃないかな。じゃなきゃ、気づいても、気づかないふりをしたか……」

「なんでまた……」

善治郎は怪訝に眉をひそめた。

「あの人、悪い人だもん」

「ええっ？」

「裏引きってわかります？」

「……いや」

「風俗業界の隠語で、お店を通さないでお客さんをとることです。たとえば、わたしがいま、善治郎さんをお客さんにしようとするでしょう？　お店と同じ料金でいいから、ホテルに行きましょうって。善治郎さんとしては、同じ料金だからどっちでもいいかもしれませんけど、それはルール違反なんです。お店に対する重大な裏切り」

「……なるほど」

「あの人、それやって新宿のお店を馘《くび》になったんです。噂では、単なる裏引きじゃなくて、何十万とか何百万とか貢がせていたって話もあって……」

「まさか……」

「できないことじゃないですよ。外で会えば、時間の制約もお店の監視もないから、恋人気分でデートすることだってできるし」

「いや、まあ、そうかもしれないけど……」

善治郎が言いよどむと、リサは立ちどまった。しかたなく、善治郎も立ちどまる。

「正直に言ってください……」

リサは真剣な面持ちで訊ねてきた。

「あの人と、どこで知りあったんですか？　絶対、遠縁の人なんかじゃないですよね？」

「……まいったなあ」

善治郎は弱りきった顔で頭をかいた。リサが冗談を言っているようには見えなかった。事実はどうあれ、本気で心配してくれている。そうであるなら、口先だけで誤魔化したりしないほうがいい。

「ちょっと座ろうか」

木陰のベンチに腰をおろした。リサも自転車を停め、隣に腰掛ける。

善治郎は、ふうっ、とひとつ息をついてから切りだした。

「彼女と知りあったのは……吉原のソープさ」

リサが、やっぱり、という顔をする。

「でも、その……キミがいうような、悪い人じゃないんじゃないかな……だってね、言ってみれば彼女は私の命の恩人みたいなもので、熱を出して寝込んでいるところを看病しにきてくれたんだ。毎日、毎日……汗まみれのシーツを替えてくれたり、おかゆをつくってくれたりね……彼女がスーパーで食材を買ってきてくれるのに、お金を渡そうとしても受けとってくれない。ちょっと申し訳なくなるくらい、お世話になっているっていうか……」

聡子を庇《かば》う言葉をつらつらと並べる善治郎を、リサは黙って見つめていた。善治郎の言葉が途切れてからも、しばらくの間、じっと唇を引き結んでいた。

「わたし……」

リサは言葉を選びながら言った。

「わたしが間違っているかもしれません。間違っていたなら、心から謝ります。でも……でも、人間の本性って、そう簡単に変わらないっていうか……わたしにはいまのお話、罠《わな》みたいに思えてならないんです。スーパーで買い物したお金なんて微々たるものでしょう？　そうじゃなくて、もっと大金を狙って善治郎さんと仲良くしてるっていうか……」

「いや……」

「大金どころか！」

リサは善治郎の言葉を遮って言った。

「後妻とか狙っているのかもしれませんよ。いま流行の後妻業ってあるじゃないですか。年配の独身男性ばっかり狙って結婚して、保険かけて食事に毒を盛って殺しちゃうような……」

「ちょっと待ってくれよ」

善治郎はさすがに表情を険しくした。

「いくらなんでも、それは言いすぎじゃないか。たとえ彼女が、過去に裏引きをしていたとしても、まさかそこまでの悪人じゃ……裏引きしたのだって、やむにやまれぬ事情があったのかもしれないし……」

「ごめんなさい……」

リサはひどく哀しげな顔で唇を嚙みしめた。

「わたしの思いすごしだったらいいっていうか……善治郎さんがそう思いたい気持ちはよくわかるんですけど……わたしはわたしで、風俗の世界の嫌なところいっぱい見てるから……風俗って、男の人には天国ですよね。お金払えば、思い通りのサービスを受けられて……でも、働いているほうは……普通の仕事じゃ稼げないお金を貰ってるんだからいいじゃないかって思うかもしれませんけど……やっぱり削られるんです。この仕事してると、少しずつ、どっかが壊れていく気がします……人を人と思えなくなるっていうか、男なんて全部同じに見えてくるっていうか……だから……」

リサは言葉を切り、大きく息を吐きだした。苦りきった顔を隠すようにサングラスをかけ、立ちあがって自転車にまたがった。

「ごめんなさい……いまのはわたしの勝手な独り言だと思ってください。なにもなければいいって思ってますから。あの人が、もう悪い人じゃなければいいって……」

まるで逃げるように、リサは自転車で走り去っていった。ベンチに豆腐の包みを置いたまま、忘れていった。せっかく片道一時間もかけて買いにきてくれたのに……。

善治郎は声をかけることもできず、呆然自失の状態で、リサの後ろ姿を見送った。

胸を締めつけていたのは、聡子への疑惑だけではなかった。

リサが風俗で働きながら傷ついていると思うと、やりきれない気分になった。

男にとっては天国……。

たしかにそうだった。幾ばくかの金と引き替えに、男は夢の時間を満喫できる。素人の女に相手にされない年になっても、よその女と関係をもってはいけない立場であっても、風俗に行けば満たされる。

だが女は……。

幾ばくかの金と引き替えに……。

3

数日が経った。

リサに言われたことが、喉に引っかかった小骨のように気になっていた。

聡子が悪い女であるという説については、実のところ、それほど深刻に受けとめていなかった。いずれにせよ、彼女とのいまのような関係は、早々に解消する必要があるからで、善治郎としてはむしろ、優柔不断で煮えきらない自分の態度に往生していた。

一日別れが延びるたびに、別れがつらくなる……。

ということはつまり、聡子と過ごす一日が、いや、一分一秒が、善治郎にとってかけがえのない楽しい時間なのだった。

金を払って楽しむ女遊びとは、まるで違った。女体による癒やしだけではなく、女が側にいる暮らしの彩りや潤いに、愛着がわきはじめていた。それは、かつて女房が生きていたときとの感覚とも異質なものだった。

女房とは、まず生活があった。食っていくため、そして子供たちの未来のために力を合わせる必要があり、それを成し遂げることがなにより重要な目標だった。

聡子は違う。

女房に先立たれ、子供たちは独立し、ぽっかり空いていたひとり暮らしの空間に、すうっと入りこんできた。女房は人生のパートナーだったが、聡子はただの女だった。女の形をし、女の匂いを放っている。生活もなければ、目標もない。ただ一緒にいて楽しい、それだけだった。

それだけのことが、いまの善治郎にはかけがえがないのだ。女房には本当に申し訳ないと思う。あの世で再会したら、地面に額をこすりつけて詫びるしかない。

だからもう少し……。

もう少しだけ、聡子との暮らしを続けたい。

長くはいらない。

藪入りの前まででいい。

あと十日ほどでお盆だった。お盆が来れば、息子たちが家族を連れて帰ってくる。向島にある菩提寺に、墓参りに行くためだ。帰ってくるのは息子とその家族だけではない。女房の魂も帰ってくるのである。

そのときまで、聡子との関係をずるずる引きずっているわけにいかなかった。

いっそ聡子のほうから別れを切りだしてくれたら、どんなに楽だろうと思った。しかしそれは、男らしくない考え方だった。いい年をして、思いがけない楽しい時間を過ごせたのだ。きれいに幕を引き、笑って別れられる状況をつくるのは、男の役割に決まっている。


夕立がきた。

にわかに空が暗くなり、雷鳴が轟くと、バケツをひっくり返したような激しい雨が降りはじめた。

「まいったな……」

善治郎は軒先の風鈴をしまいながら、深い溜息をついた。これから近所の客が豆腐を買いにきてくれる時間だった。すぐにやんでくれればいいが、どうやら本降りになりそうである。

これでは、豆腐が売れ残ってしまう。しかも、明日は店が休みの日曜日。まったく泣けてくる。

「すごい雨ですね」

聡子が奥から店に出てきて空を見上げた。今日はソープランドの仕事が休みとかで、昼過ぎから来て、腕まくりをして家事に励んでくれていた。

「これじゃあ、商売あがったりだな。もうおしまいにして、一杯飲むか」

「本当？」

聡子が嬉しそうに眼尻を垂らす。

「商売あがったりは困るけど、そういうのも、たまにはいいですね」

「ただし、つまみは店にあるものだ」

眼を見合わせて笑った。

善治郎は冷却水槽の中で木綿豆腐を一丁切り、聡子に渡した。

「冷や奴にしてくれ」

「お酒はビールでいい？」

「そうだな……」

善治郎はうなずきつつも、あるアイデアが閃いた。こんな日はビールもいいが、本直しでも飲んでみようか。

本直しとは、みりんと焼酎を半々に混ぜたもので、甘露飴のような独特の風味がある。味が濃いので、炭酸で割ってもいい。

父の好きな酒だった。焼酎は夏の季語だから、夏は本直しに限ると言っていた。なにかというと、そういうことを言うのが好きな人だった。

なにごとにも、粋だの野暮《やぼ》だのうるさくて、客が「厚揚げをください」と注文しようものなら、

「うちにゃあそんなもんありゃしねえよ。これは生揚げっていうんだい。じゃあなにかい？生揚げが厚揚げなら、油揚げは薄揚げかい？」

そんな蘊蓄《うんちく》を喧嘩腰で言っていた。いつものことなので、客は苦笑していた。白黒テレビと冷蔵庫と洗濯機が三種の神器などと言われていたころの、懐かしい思い出である。

よけいなことを思いだしてしまったせいで、油揚げが食べたくなった。簡単な調理法がある。袋状に裂いた油揚げに、白髪ネギを挟んで焼くだけだ。さっと醬油をかければ、酒のつまみにぴったりである。

「これ、おいしいですね」

聡子は、善治郎がつくったつまみを喜んで食べてくれた。

「それにこのお酒……本直しっていうんですか？　初めて飲みましたけど、口当たりがいいから、すごく酔いそう」

「気に入ってもらえてなによりだ」

善治郎もいい気分で酔っていた。夕立の音と匂いが、開け放った店の窓から流れこんでくる。蒸し暑いけれど、エアコンをつけるほどではない。扇風機の風が心地よく、本直しの炭酸割りが夏の味わいだった。

いったいここはどこなのだろう？

六十六年間暮らした家なのに、そんなことを思ってしまう。六十六年間暮らしてきて、自宅の居間でこんなくつろいだ気分になったことはない。

いつも誰かがいた。父が酒を飲んでいたり、子供たちが走りまわっていたり、それを女房が注意したり、ここはにぎやかな場所だった。

いまは静かだった。

雨音は激しくなっていくばかりだし、時々雷鳴まで聞こえてくるが、心が妙に落ち着いている。

聡子がいるからだった。

とくに会話がはずんでいるわけでもない。聡子も静かに飲んでいる。それがいい。そこにいてくれるだけで満たされる。扇風機が首を振ると、風が夕立の匂いを払って、聡子の匂いを運んでくる。

そちらを見ると、いやに神妙な顔をしている彼女と眼が合った。

「ねえ、善さん……」

「なんだい？」

嫌な予感がした。

「わたしね……もう、ここには来られない……」

窓の外で稲妻が光り、雷鳴が轟いた。

「実家のお父さんが病で臥せちゃって……帰らなくちゃいけないの……田舎、北海道なんだけど……」

「……そうか」

「ごめんなさい」

「いや」

「でもね……」

扇風機が首を振る。聡子の匂いを乗せた風が吹いてくる。

「わたし……お店に借金があって……それを返さないと……帰れないっていうか……」

善治郎は本直しを飲んだ。いささか甘すぎる。この甘さが夏なのだろうか。

「善さん……お金貸してもらえない？」

「……いくら？」

「三百万」

善治郎が黙っていると、

「無理ならいいのよ」

聡子はあわてて言った。

「他にもあてがないわけじゃないし、わたしみたいな訳のわからない女に、そんな大金貸せないっていうなら……」

善治郎は黙って立ちあがり、茶簞笥の前に座り直した。いちばん上の引き出しを開けると、通帳や保険の証文が入っている。その下に、帯封のされた百万円の束が、ちょうど三つ収まっていた。数日前、銀行でおろしてきたものだった。ひとつは、聡子に渡すつもりだった。大の男が別れ話を切りだすのに、一円も渡さないわけにはいかない。

あとのふたつは、寺に支払う金だった。盆に合わせて墓石を新しく直したので、墓参りの際に精算するため用意しておいた。善治郎は三つともまとめて聡子に差しだした。

「これでいいかい？」

聡子は驚いて眼を丸くした。まさか、いきなり現金を渡されるとは思っていなかったのだろう。

「えっ……」

「入り用があったんでね。ちょうどよかった」

聡子は顔をこわばらせるばかりで、金を受けとらなかった。善治郎は彼女の手の中に押しこんでやった。

「……いいの？」

聡子が不安げな上眼遣いで見つめてくる。

「必要な金だろう？」

「だけど……」

「いいから」

善治郎は笑って聡子の言葉を遮った。これ以上、余計な話を聞きたくなかった。聡子に嘘をつかせるのが苦痛だった。

「田舎にはいつ帰るんだい？」

「お店にお金を返せたら、明日にでも……」

聡子は遠慮がちな声で言った。札束を持つ手が震えていた。高まる心臓の音まで聞こえてきそうだった。

「……そうか」

善治郎はうなずいた。

ならば今夜が、最後の夜ということになる。

4

風呂からあがってきた聡子の姿を見て、善治郎は小さく驚いた。

浴衣を着ていたからである。

白地に菖蒲《しょうぶ》の柄が染め抜かれた、清楚な雰囲気の浴衣だった。

「わざわざ持ってきたのかい？」

布団の上で横になっていた善治郎は、肘をついて顔をあげた。そこは寝室だった。恥ずかしがり屋の聡子に気を遣って、照明は橙色の豆球だけ。善治郎はもちろん浴衣ではなく、下着姿だった。

「そう。わざわざ持ってきたの……」

聡子が小首をかしげて髪をおろしながら、身を寄せてくる。

「ほら、いつか善さんと約束したでしょう？　温泉連れてってもらうって。もう行けそうもないから、せめて浴衣だけでもって……」

「温泉か……」

約束したような気もするけれど、ソープランドの個室の中で交わした戯《ざ》れ言である。聡子だって、本気で温泉に連れていってほしいと思っていたわけではないだろう。

だが、そんなつまらない約束を覚えていてくれていたことが嬉しかった。善治郎は、肘をついていた手を伸ばし、聡子を抱き寄せた。浴衣の下で、女らしいふくよかな体は湯上がりに火照っていた。

本当に嬉しかったのは、これが最後の夜になるだろうと、浴衣を準備してきてくれたことだった。

そう、これが最後……。

善治郎も善治郎なりに、準備を整えていた。禁を破って、田中に貰った精力増強剤を飲んでしまった。もう懲りごりだと思っていたが、たとえ筋肉痛で動けなくなっても、たとえ寝込んでしまっても、今夜は思い出に残る一夜にしたい。

ゴロゴロと雷鳴が轟く。

もう音が遠い。遠雷だ。

「善さんと初めて会ったときも、雷が鳴ってたわよね」

「急に雨が降ってきたんだ。五月晴れのいい天気だったのに……」

「吉原に行くつもりじゃなかったんでしょう？」

「そうさ。あれがきっかけで、不良老人に転落しちまった」

眼を見合わせて笑った。だが、お互いに笑い方が薄かった。聡子がなにを考えているのか、わかるような気もしたし、わからないような気もした。善治郎は考えないことにした。

聡子の唇は赤かった。その艶めかしい紅色に、視線が吸い寄せられる。聡子が眼を細め、唇を差しだしてくる。

善治郎は唇を重ねた。そのまましばらくじっとしていた。聡子もそうだった。口づけの感触を長い時間をかけて確かめてから、蕾《つぼみ》が開いていくようにゆっくりと、お互いに口を開けた。

舌と舌をからめあった。それもじっくり行なおうと思っていたのに、呼吸が乱れてきた。熱い吐息をぶつけあえば、舌の動きも自然と熱を帯びていく。

「……ああっ！」

浴衣の上から胸をまさぐると、聡子は声をもらした。艶めかしい声だった。善治郎は、すぐに浴衣の上からの愛撫では我慢できなくなり、衿を大きく開いた。豊満な乳房が、恥ずかしげに顔を出した。

糊の利いた浴衣の生地にこすれたのか、乳首がすでに尖っていた。善治郎は裾野のほうから豊かなふくらみをすくいあげ、やわやわと揉みしだいた。搗《つ》きたての餅のように柔らかい、極上の揉み心地だった。

「ああぁあっ……はぁああっ……」

聡子の呼吸がはずんでくる。善治郎はもう一度唇を重ね、舌を吸った。聡子がしがみつき、脚をからめてくる。善治郎もからめ返しつつ、乳首をつまみあげた。うぐうぐと鼻奥で悶える聡子の顔を見つめ、まぶしげに眼を細めた。

いい女だった。

浅草・吉原で出会った女たちの中で、掛け値なしにいちばん夢中にさせてくれた。容姿だけならリサがダントツだが、彼女にはまだ、聡子に匹敵する色気がない。あるいは、色気とは悪い女にしか備わらないものなのだろうか。男を騙す悪い女にしか……。

「くうううーっ！」

乳首に吸いつくと、聡子はのけぞって声をあげた。善治郎は彼女に馬乗りになり、両手で双乳を揉みしだいた。淫らに尖っている乳首を代わるがわる口に含み、したたかに吸いたてた。

「あああっ……はぁあああっ……」

聡子が身をよじる。早くもきりきりと眉根を寄せ、長い黒髪を乱していく。店で会っているときから感度の高い女だと思っていたが、この家で抱くようになってから、その思いはさらに深まった。

淫蕩な女だった。

若いころは淫蕩な女に畏怖を感じ、自分の女房がそれほど好き者でないことに安堵していた善治郎だが、いまは違った。

淫蕩な女だけが、男に活力を与えてくれる。金を払って遊んだ女たちには、みなどこかしら淫蕩なところがあった。自分の欲望に正直で、後先考えずいまだけを生きている。

そんなに夢中になり、絶頂に達してしまっては、疲れてしまうのではないかと心配してしまうこともしばしばで、感じることを決してこらえたりしない。

善治郎は、そういう女たちが好きだった。

なにしろ年なので、イキまくらせてやれないのが申し訳なかったが、体力や精力を失ったことで、彼女たちの味わいを発見できたのかもしれない。たとえ自分が完走できなくても、彼女たちの乱れている姿を見れば満足する。どんな風光明媚《ふうこうめいび》な景色でも、抱腹絶倒な映画でも、女が乱れている姿には勝てない。

「ああっ、いやっ……」

善治郎が後退《あとずさ》って浴衣の裾をまくろうとすると、聡子が手を伸ばしてきた。

「わたしにさせて……わたしが善さんに……」

「いいんだ」

善治郎は首を横に振った。

「今日はこっちがしてあげたいんだ……たっぷりと……」

聡子を眼顔で制しながら、浴衣の裾をまくっていく。橙色の豆球に照らされて、二本の美脚が白く輝く。その艶めかしさに息を呑みながら、両脚を大きくひろげていく。太腿はますます白く、いっそまぶしいほどの光沢を放ち、その付け根にある黒々とした草むらの、存在感を際立たせる。

「いやああっ……」

秘所を露わにされた聡子は、朱色に染まった顔を両手で覆った。そういう所作が、善治郎をたまらない気分にさせる。すでに何度も体を重ねているのだから、恥ずかしいわけではないのだろう。そもそも彼女は娼婦なのだ。秘所を見られることに慣れていないわけがないのに、羞じらうことを忘れない。

娼婦だからこそ、知っているのかもしれなかった。羞じらいだけが、男を奮い立たせることを……。

善治郎はM字に割りひろげた両脚の中心に、顔を近づけていった。女の匂いがした。獣の牝の匂いと言ったほうが正確かもしれなかった。

聡子の陰毛は濃く、女の花は短い繊毛にぐるりと取り囲まれている。一本一本が濡れて、光のあて方によってはキラキラ光りそうだった。

アーモンドピンクの花びらは、くにゃくにゃと縮れながら、遠慮がちに口を閉じていた。善治郎は舌を伸ばし、合わせ目をそっと舐めあげた。

「くぅうう……」

聡子が身をよじる。その肉づきのいい太腿を力まかせに割りひろげつつ、善治郎は舌を躍らせる。ツツーッ、ツツーッ、と下から上に尖らせた舌先を這わせては、合わせ目の上端をレロレロと舐め転がす。

「くぅうっ……くぅううーっ！」

肉芽はまだ、包皮を被った状態だったが、聡子はガクガクと腰を震わせた。善治郎は執拗に、下から上に舌先を這わせた。花びらが口を開き、蝶々のような形になると、口に含んでしゃぶりあげた。恥ずかしげに顔を出した薄桃色の粘膜を、ざらついた舌腹で舐めまわした。時に舌先を尖らせて、浅瀬をヌプヌプと穿ってやった。

そうしつつ、肉芽の包皮を剝いては被せ、被せては剝いてやると、

「ああっ、いやああっ……いやあああっ……」

聡子は本格的に乱れはじめ、長い黒髪をうねうねと波打たせた。腰だけでなく、体中を震わせながら、総身をのけぞらせた。

感じているのだろう。その証拠に、しとどに蜜を漏らしている。善治郎の口のまわりは、彼女があふれさせた発情のエキスで、すでにぐっしょりの状態だった。

もっと濡らしてやりたかった。

肉芽の包皮を剝ききった状態で、ねろり、と舐めてやると、

「あううぅっ！」

聡子は悲鳴をあげて体を跳ねさせた。太腿をつかんでいた善治郎の手を振り払い、うつ伏せに体を反転させた。

どうやら、刺激が強すぎたらしい。

善治郎は、功を焦った自分をたしなめながら、あらためて浴衣の裾をまくっていった。今度は豊満な尻が見えた。丸々と実った双丘が、実に見事だった。聡子の体は、どこもかしこもセックスアピールだらけである。

善治郎は丸い巨尻に頰ずりした。ああっ、と声をもらしてしまいそうだった。女の体は、

どうしてこれほど男の心を安らかにしてくれるのか。安らかにすると同時に奮い立たせるという離れ業を、軽々とやってのけるのだろうか。

聡子に膝を立てさせた。四つん這いで尻を突きだす格好にして、尻の双丘を揉みしだいた。乳房より弾力のある揉み心地に感嘆しつつ、桃割れをひろげていく。細かい皺がすぼまった裏門が見える。その下に、女の花が咲いている。短い繊毛に取り囲まれつつ、涎じみた蜜を漏らしている。

「いっ、いやっ！」

聡子が焦った声をあげて振り返った。

「そっ、そんなところっ……そんなところ舐めないでっ……」

善治郎の舌は、すぼまりを舐めていた。娼婦に肛門を舐められたことはあっても、舐めるのは初めてかもしれなかった。

「ねえ、お願いっ……そこはっ……そこは許してっ……」

善治郎はかまわず舌を躍らせ、そうしつつ右手の中指を蜜壺にずっぽりと埋めこんでいった。

「はぁうううっ！」

さらに左手で肉芽をいじってやれば、聡子はもう抵抗の言葉を吐けなかった。女の急所、三点同時攻撃にひいひいとあえぐばかりになり、淫らなまでに四つん這いの体をくねらせた。

5

雨は降りつづいていた。

雷鳴は遠のいても雨音は激しくなる一方で、バランバランとトタンを叩くその音によって、部屋が世界から隔絶されているような気がした。

善治郎は上下の下着を脱ぎ、全裸になった。

「ねえ……」

聡子が四つん這いの格好で振り返る。ずいぶんと執拗に後ろから三点責めをしていたので、顔が生々しい朱色に染まり、肩で息をしている。

「もしかして、この格好でするの？」

聡子とはしたことがない体位だった。

「ああ」

善治郎はうなずいた。精力増強剤の効果で、男根に力がこもっていた。勃起の状態が、百パーセントに近い。この状態なら、後ろから結合しても簡単に抜けてしまうことはないだろう。

「じゃあ、ちょっと待って……」

聡子が立ちあがり、部屋の隅にある姿見を枕元に運んできた。

「これでよし。善さんの顔見られないの、残念だから……」

「スケベだな……」

善治郎は苦笑した。ソープの個室でも、ここまでのサービスはされたことがない。こちらの顔を見たいというより、自分のよがり顔を見せたいのかもしれない。それもまた、性を生《なり》業《わい》にする彼女の心づくしなのか……。

「入れる前に、お口でする？」

「いや」

善治郎は首を横に振った。密かに「回春フェラ」と名付けている聡子の口腔奉仕は絶品だが、我慢の限界を超えていた。体中がカッカしていた。燃えるように熱かった。おそらく、精力剤の効果だろう。

聡子が鏡を向いて四つん這いになった。その体には、乱れた浴衣がまだ残って、ただでさえ妖艶な完熟の女体を、さらにいやらしく見せていた。

善治郎は膝立ちで、聡子の尻に腰を寄せていった。男根を握りしめると、自分のものとは思えないほど硬かった。握りしめた刺激で、一瞬気が遠くなりそうなほど敏感にもなっていた。

「回春フェラ」を回避したのは、聡子にこの硬さを教えたくないためでもあった。きっと驚くに違いない。善治郎自身が驚き、ポーカーフェイスのハーフ美女を立てつづけにイキまくらせた、この状態なら……。

「いくぞ」

男根の切っ先を、濡れた花園にあてがった。聡子は鏡越しにこちらを見ながら、息を呑んで身構えている。

「むううっ……」

善治郎は腰を前に送りだした。アーモンドピンクの花びらを巻きこんで、ずぶずぶと奥に侵入していく。

「くっ……くぅうっ！」

聡子の顔が歪む。けれども眼は閉じない。ぎりぎりまで細めて、こちらを見ている。ねっとりと濡れた瞳がいやらしすぎる。

ずんっ、と最奥を突きあげると、

「はぁあああああーっ！」

雨音を引き裂く勢いで、聡子は甲高い悲鳴を放った。善治郎はその腰を両手でがっちりつかんだ。いままでと結合感が違った。初めて試す体位だし、精力剤も服用している。それにしても、このきつさは……。

「あああっ……ああああああっ……」

鏡を見ている聡子も、同じことを感じているようだった。あきらかに焦っていた。百戦錬磨の娼婦の表情ではなかった。

善治郎はゆっくりと抜いて、ゆっくりと入れ直した。聡子の中はよく濡れていた。すべりがいいのに、ひどく締まった。何度か抜き差ししただけで、額から汗が噴きだしてきた。興奮の汗だった。

味わわなければならなかった。これが最後の夜ならば、聡子の体を味わい尽くしたかった。そう思っているのに、抜き差しのピッチがあがっていく。つんのめる欲望のままに、パンパンッ、パンパンッ、と聡子の尻を鳴らしてしまう。

「ああっ、硬いっ……」

聡子が鏡越しに見つめてくる。

「なんて硬いのっ……善さん、いつもと違うっ……ねえ、どうして？　どうしてこんなに硬いのおおおっ……」

善治郎は答えず、両手を彼女の腰から乳房に移した。したたかに揉みしだけば、聡子の上体は自然に反ってくる。顔が近づき、振り返る。

「ねえ、どうして……」

わなわなと震える唇をキスで塞いだ。舌と舌をからめあいながら、乳房を揉みしだき、ねちっこく腰をまわす。よく濡れた蜜壺を、勃起しきった男根で攪拌《かくはん》する。ずちゅっ、ぐちゅっ、と淫らがましい肉ずれ音がたつ。

「うんんっ……うんんんっ……」

聡子は舌を吸われながら、鼻奥で悶え泣いた。せつなげに眉根を寄せた表情が、たまらなくいやらしかった。眼の下がみるみる生々しい朱色に染まっていき、小鼻まで赤く腫れていく。

善治郎は聡子を翻弄していた。そういう実感がたしかにあった。もっと感じさせてやりたかった。自分が彼女にソープ遊びのイロハを教わったように、彼女の体に自分の痕跡を残してやりたい。眼も眩むような恍惚を分かちあい、忘れられない夜にしたい。

「んんんんーっ！」

左右の乳首を押しつぶしてやると、聡子はキスを続けていられなくなった。

善治郎は両手を彼女の腰に戻し、再び抜き差しを開始した。パンパンッ、パンパンッ、と乾いた打擲《ちょうちゃく》音を鳴らして、聡子の尻を突きあげた。男根が限界を超えて硬くなっているのは、精力剤のせいだけとは思えなかった。

もっと聡子を翻弄したいという欲望が、肉棒をどこまでもみなぎらせる。四つん這いでひいひいあえいでいる彼女の姿が、力を与えてくれる。呼吸も忘れて雄々しく腰を振れば、性器と性器の密着感が高まり、ひとつの生き物になっていく。リズムがふたりを結びつけ、決して離れないというまぼろしを呼ぶ。

いつまでもこうしていたかった。

セックスをしているとき、善治郎は豆腐屋のオヤジではない。妻に先立たれた憐れな独居老人でもなければ、息子たちとその家族に気を遣いすぎて淋しさをもてあましている六十六歳でもない。

ただの獣だった。

忘我の境地で肉の悦びだけを求める、一匹の獣の牡だった。

「むううっ！」

善治郎は聡子の腰から手を離し、帯をつかんだ。ちょうどいい案配だった。馬に乗って手綱を引くように、帯をつかんで腰を振りたてた。

「はっ、はぁうううううーっ！」

聡子がシーツをつかんで長い黒髪を振り乱す。

「いいっ！　いいいいっ……善さんすごいっ！　おかしくなりそうっ……おかしくなっちゃいそうっ……」

今日も明日も明後日も、こうして聡子を抱いていたかった。命が燃え尽きるまで、抱いて、抱いて、抱きまくりたかった。

だが、それは叶わぬ夢だ。

聡子には聡子の人生があり、善治郎には善治郎の人生がある。ほんの少しすれ違えただけでも充分に幸福なのだ。聡子は悪い女かもしれないが、この艶っぽさはどうだ。後ろから突きまくられ、ひいひいあえぐ姿に、虜《とりこ》にならずにいられない。彼女なら、どこへ行ってもうまくやっていける。可愛がってくれる男を見つけて、楽しくやっていける。

「ああっ、ダメッ……ダメえええっ……」

喜悦に顔をくしゃくしゃにして、鏡越しに見つめてくる。

「イッ、イッちゃうっ……わたし、イッちゃいそうっ……」

「我慢するんだっ！」

善治郎は鬼の形相で叫んだ。

「自分ばっかり先にイッたら許さんぞ。我慢するんだっ！」

そんな暴君のような台詞を、口にしたのは初めてだった。聡子も一瞬、呆気《あっけ》にとられた顔をしていた。

だが、少しくらいの意地悪は許されるだろう。

これはお仕置きなのだ。

悪い女にお仕置きするのだ。

パンパンッ、パンパンッ、と尻を鳴らして、善治郎は連打を放った。突けば突くほどエネルギーがみなぎり、一打一打に熱がこもる。

「ああっ、ダメッ……ダメよ、善さんっ……」

「我慢するんだっ！」

「でっ、できないっ……もう我慢できないっ……」

「許さんぞっ！　勝手にイッたら、絶対に許さんっ！」

橙色の豆球が灯った寝室に、熱気と湿気が充満していく。聡子の白い素肌は紅潮し、汗の粒を浮かべている。結合部からは大量の蜜を漏らし、お互いの内腿はおろか、玉袋の裏まで垂れてきている。

「ああっ、いやっ……いやいやいやあああっ……」

聡子が長い黒髪を振り乱す。

「すっ、すごい、善さんっ……すごいいいーっ！　こんなの初めてっ……こんなの初めてようううーっ！」

「むううっ！」

聡子の言葉に煽られて、善治郎のピッチがあがる。濡れすぎた蜜壺からしぶきを飛ばし、怒濤《どとう》の連打を打ちこんでいく。

とはいえ、そろそろこちらが限界だった。

聡子が燃えれば燃えるほど、蜜壺の締まりは増していく。内側の肉ひだが男根に吸いつき、からみついてくる。それを振り払うように抜き差しをしても、振り払えない。お仕置きの連打を放っているつもりなのに、まるで聡子の意思に操られているような気がしてくる。突いても突いても、奥へ奥へと引きずりこまれる。濡れた肉ひだがいやらしいほど蠢《うごめ》いて、男の精を吸いだそうとする。

「そっ、そろそろだっ……そろそろ出すぞっ……」

善治郎が唸るように言うと、

「ああっ、出してえええーっ！」

聡子が鏡越しにすがるような眼を向けた。

「中で出してっ！　いっぱい出してっ！」

「出すぞっ……出すぞっ……」

「ああっ、ダメッ……もうイッちゃうっ……もうイクウウウウウウーッ」

聡子の腰が、ビクンッ、ビクンッ、と跳ねあがった。五体の肉という肉をいやらしいほど痙攣させて、絶頂への階段を駆けのぼっていった。

その衝撃が、射精の引き金になった。善治郎は帯から手を離し、淫らにくねっている聡子の腰を両手でしっかりと握りしめた。

「おおおっ……おおおっ……おおおううううーっ！」

雄叫びをあげて、最後の一打を打ちこんでいく。次の瞬間、煮えたぎるマグマのような白濁液を、聡子のなかにぶちまけた。ドクンッ、ドクンッ、と放出するほどに、痺れるような快感が体の芯を走り抜けていった。顔が燃えるように熱かった。聡子の腰にしがみつくようにして、しつこく男根を抜き差しした。すべてを出し尽くしたかった。ひくひくと蠢いている蜜壺に、魂までも吸い尽くしてほしかった。

「おおおおっ……おおおおおっ……」

「はぁああっ……はぁあああっ……」

ふたりは喜悦に歪んだ声を重ねあわせ、いつまでも身をよじりあっていた。

これで終わりだった。

最後の夜の幕が引かれ、あとは別れが待っているだけ——善治郎は男の精を漏らしながら、天を仰いだ。ぎゅっと眼をつぶると、瞼の裏に熱い涙があふれてきた。

エピローグ

浅草でいちばん高級と言われているシティホテルにチェックインした。

窓から東京スカイツリーが見えた。

いまや下町いちばんの名所であるが、善治郎はあまり好きではなかった。そもそも高い建物が好きではない。高みに立ち、地上を見下ろして、なにが楽しいのかわからない。善治郎は六十六年間、地べたに這いつくばって生きてきた。人生の悲喜こもごもが、すべてそこにあった。スカイツリーの上から眺めれば豆粒みたいなものだろうが、市井のまっとうな暮らしというのはそういうものだ。

ノックの音がした。

扉を開けると、リサが立っていた。眼を大きく見開いた。

「嘘でしょ？」

サイクリングスーツではなく、体のラインを露わにしたセクシーなワンピースを着ていた。

仕事に来たのだ。善治郎は彼女の勤めているデリバリー店に電話をかけ、彼女を指名したのである。

「まさか善治郎さんだとは思わなかった。しかも、こんな豪華なホテルに……高いんじゃないですか？　スカイツリーなんか見えちゃったりして」

目の上に手をあてたおどけたポーズで、窓の外を望み見る。

「忘れ物を届けにきたんだ」

善治郎はテーブルを指差して言った。

「やだ。お豆腐……」

リサが眼尻を垂らす。彼女が来る前に、善治郎が用意しておいたものだった。絹と木綿の冷や奴だ。鰹節、ネギ、ショウガ、ミョウガ、大葉などの薬味は別皿に盛り、醤油の瓶も持ってきてある。

「この前、公園のベンチに忘れていっただろう？」

「わたしもすぐに気がついたんですよ……」

リサは恥ずかしげにささやいた。

「でも、言いたいこと言っちゃったから、取りに帰るのもバツが悪くて……」

「どうぞ、座って。いまお茶を淹れるから」

「ええーっ！」

リサは拗ねたように唇を尖らせた。

「せっかくおいしそうなお豆腐があるのに、お茶ですかあ？　日本酒とは言いませんけど、せめてビールを……」

「まあ、いいけどね」

善治郎は苦笑し、冷蔵庫から缶ビールを出した。

「でも大丈夫なのかい？　まだ仕事があるんじゃ……」

「大丈夫、大丈夫」

リサは椅子に座り、缶ビールをグラスに注いだ。善治郎の分も注いでくれたので、乾杯する。

「……うん、おいしい」

リサはビールをひと口飲むと、箸を取って豆腐に薬味を載せはじめた。鰹節とネギをたっぷりかけ、それから醤油をまわす。

「やだ、なにこれ？」

眼を丸くして言った。

「すごいおいしいですよ。お世辞じゃなく。大豆の香りがちゃんとする。昔のお豆腐の味ですね」

「若いのに、年寄りみたいなことを言うんだね」

善治郎は苦笑した。

「言ったじゃないですか。わたし、田舎じゃ、お豆腐屋さんにお豆腐買いに行ってってたって。すごく懐かしい味」

「ならよかった」

善治郎がうなずくと、

「待っててくださいね」

リサは豆腐を頬張りながら言った。

「これ、全部食べたら、ちゃんとお仕事しますから……」

「いいんだよ」

善治郎は首を横に振った。

「今日はそのう……話をするだけでいいんだ。だから、あわてて食べる必要はない。ゆっくり味わってくれれば……」

「話って……」

「いやね……」

善治郎はビールで口を湿らせてから言葉を継いだ。

「あの人、いたじゃないか……うちに来てくれてた……」

「ああ……」

リサの顔がにわかに曇った。善治郎は気にせず続けた。

「彼女、悪い人じゃなかったよ。お父さんの具合が悪いとかで、もう田舎に帰ってしまったんだがね。私からはお金なんて取っていかなかった。世話をかけっぱなしだったから餞別《せんべつ》を渡そうとしたんだけど、それさえ断わられて……」

リサは黙っている。箸をとめ、眉をひそめてこちらを見ている。まるで信用していない顔をしている。

だが、善治郎は嘘をついていなかった。

最後の夜を過ごした翌朝――善治郎が眼を覚ますと、聡子はいなくなっていた。居間のちゃぶ台に、帯封のされた百万円札の束が三つ置かれていた。書き置きが一緒にあった。

――ごめんなさい。やっぱり、このお金は受けとれません。

聡子がなぜ、金を置いていったのかはわからない。リサが間違っていたわけではない。聡子は悪い女だった。嘘をついて、善治郎から金を引っぱろうとした。父親の具合が悪いだなんて、善治郎には最初から嘘だとわかっていた。わかっていて渡したのに……。

その日は日曜日だった。

急いでタクシーを呼び、吉原に向かった。空は青く澄んでいた。『ブルータス』の前では、店長の田中が竹箒を持って掃除をしていた。前夜の嵐で、狭い路地がゴミの吹きだまりになっていた。

「あら、善さん、ここんとこご無沙汰。しかも、ずいぶんとお早い。うちの口開けは正午だよ」

「ああ、わかってる」

まだ午前九時過ぎだった。

「聡子、今日は出勤日かい？」

「えっ……」

田中は一瞬、呆気にとられた顔をした。

「彼女なら、もうずいぶん前に辞めてもらったよ」

「辞めてもらった？」

善治郎は首をかしげた。田中は黙っている。善治郎の視線から逃れるように、竹箒で道を掃きはじめる。

「聡子なんかより、美沙子に入ってあげてくださいよ。講習以来、善さんが一回も来てくれないって泣いてたから。善さんのおかげでさ、彼女はいまや、うちで一、二を争う売れっ子だよ」

どうやら、聡子の話は続けたくないらしい。善治郎はしかたなく財布から一万円札を出し、田中に握らせた。

「えっ？　こんなにいいの？」

「聡子を辞めさせた理由を教えてくれよ」

「うーん、彼女はそもそもあんまり人気がなかったしねえ……」

田中はわざとらしく声をひそめた。

「吉原はいま、空前の買い手市場なんですよ。世間が不況のおかげで、昔だったら考えられないような若くていい女がわんさといる。彼女みたいな年季の入った年増は、自然と淘汰されていくってわけ」

「それだけかい？」

善治郎が険しい表情で言うと、

「まいったなあ……」

田中は笑いながら頭をかいた。

「一万円も貰ったらしゃべらないわけにはいかないけど、ここだけの話にしてくださいよ」

「ああ」

「裏引きしてたんですよ」

善治郎は天を仰ぎたくなった。

「店を通さないで客に直接連絡して、ホテルかなんかでチャッチャと済ませてたわけ。この業界じゃ、いちおう御法度《ごはっと》だからさ。トラブルが起きないうちに、お引き取り願ったってわけですよ」

もう幾ばくかの金を渡せば、聡子の携帯電話の番号を聞きだせたかもしれない。だが、善治郎は黙ってその場を後にした。聡子が電話に出ないような気がしたし、出てもなにを話せばいいかわからなかった。


「あの人は、キミのいうような悪い女じゃなかった……」

善治郎はリサに言った。

「それだけは、きちんとキミに伝えたかったんだ」

「……そう」

リサは納得いかないようだったが、

「でも、よかった。善治郎さんが被害者にならなくて」

わざとらしい笑顔をつくった。

「わたしの見立てが間違ってたのは謝るけど、間違っててよかった。人違いかもしれないしね、うん、きっとそうよ……」

「いや、でも……」

善治郎は苦りきった顔で言った。

「あっちは間違ってなかったな」

「あっちって？」

「風俗で働くのは大変で、いろいろあるっていうか……心が削られて、壊れていくっていうか……」

「なにかあったの？」

「まあ……なんとも言えないのだけど……」

善治郎は言葉を濁し、口をつぐんだ。

気まずい沈黙が、部屋の空気を張りつめさせた。細かい事情まで、話すつもりはなかった。それではなにが言いたかったのか、自問自答しても答えは見つからなかった。リサは今日も美しかった。その美しさの裏側に隠されているものを、知りたくなったわけでもない。

リサはビールをひと口飲み、

「ねえ、善さん……」

声音を改めて言った。

「お豆腐食べおわったら、ベッドで寝ましょう」

「あっ、いや……」

「いいの、いいの。エッチしなくていいから、ベッドで寝るだけ。服だって脱がなくていい」

「ただ横になるだけかい?」

「時間が来るまで、ぎゅっとしてて」

また沈黙が訪れた。リサの真剣な面持ちが、どういうわけかせつなく胸を締めつけてきた。彫りの深い彼女の美貌は、喜怒哀楽が普通の人よりよく伝わる。

「……わかった」

善治郎がうなずくと、リサは嬉しそうに相好《そうごう》を崩した。

この作品は書き下ろしです。原稿枚数334枚（400字詰め）。

GENTOSHA OUTLAW BUNKO

黄昏《たそがれ》に君《きみ》にまみれて

草凪優《くさなぎゆう》

平成29年12月10日　初版発行

発行人――石原正康
編集人――袖山満一子
発行所――株式会社幻冬舎
〒151-0051東京都渋谷区千駄ヶ谷4-9-7
電話　03(5411)6222(営業)
　　　03(5411)6211(編集)
　　　振替00120-8-767643
印刷・製本―株式会社 光邦
装丁者――高橋雅之

幻冬舎アウトロー文庫

ISBN978-4-344-42687-0　C0193　O-83-9

幻冬舎ホームページアドレス　http://www.gentosha.co.jp/
この本に関するご意見・ご感想をメールでお寄せいただく場合は、
comment@gentosha.co.jpまで。